De Hoppetuutsenkönig

Klaus-Peter Asmussen, geboren 1946 in Handewitt, wuchs mit plattdeutscher Muttersprache auf. Nach Abitur am Alten Gymnasium, Flensburg, und sechssemestrigem Studium an der damaligen Pädagogischen Hochschule Flensburg trat er in den Schuldienst ein und war zunächst sechs Jahre lang als Grund- und Hauptschullehrer in Dithmarschen tätig. Ab 1976 arbeitete er als Realschullehrer für Englisch und Dänisch in Tarp, Kreis Schleswig-Flensburg, bis er 2010 in den Ruhestand trat. 2007 veröffentlichte er bei BoD – Books on Demand „Planten un Blomen" ein „Wörterbuch schleswig-holsteinischer Pflanzennamen" (ISBN 978-3-8334-8589-3). Seit 2005 befasst er sich mit dem Übertragen von Märchen unterschiedlichster Provenienz in die plattdeutsche Sprache und Kultur. Sein hier vorgelegtes achtes Märchenbuch enthält ausschließlich Geschichten aus verschiedenen Ausgaben der „Kinder- und Hausmärchen" der Brüder Grimm. Klaus-Peter Asmussen wohnt heute in seinem Geburtshaus in Langberg, Gemeinde Handewitt.

Klaus-Peter Asmussen

De Hoppetuutsenkönig

un anner Märkens,
utlehnt bi Jacob un Wilhelm Grimm
un nü vertellt up Sleswigsche Geestplatt

© 2018 Klaus-Peter Asmussen
Herstellung und Verlag:
BoD – Books on Demand, Norderstedt
ISBN 9783752834956

Wat in düt Book in steiht

De Hoppetuutsenkönig

Domals, as dat Wünschen noch hulpen hett, do is dar mal en König we'n, de sin Döchter sünd all smuck we'n, man de jüngste is so smuck we'n, de Sünn sülven – de kriggt ja en Barg to sehn – de hett sik wunnert, so faken 'n ehr in't Gesicht keken hett. Dicht bi de König sin Slott hett en grote Holt legen, un in dat dare Holt is ünner en ole Linn en Born we'n. Wenn dat Weder nu arig hitt we'n is, denn is de Königsdeern geern in't Holt gahn un hett sik dalsett an'e köhlige Born. Un wenn ehr de Langewiel plaagt hett, denn so hett se sik en gollne Ball herkregen, hett 'n in'e Luft smeten un wedder upfungen. Dat is ehr leevste Spel we'n.

Nu kümmt dat mal so, dat de gollne Ball nich in'e Königsdochter ehr lütte Hand fallt, man dar an vörbi up'e Eerde sleit un liek in't Water rullt. De Königsdochter kickt 'n achterna, man de Ball is weg, un de Born is deep, so deep, een kann gar keen Grund seh'n. Do ward se weenen un blarrt ümmer luder un kann sik gar nich wedder inkriegen. Un as se sodennig klagen deit, do röppt ehr een to, wat mit ehr los is, se bölkt ja, dat dat en Steen jammern kann. Se kickt sik ja um, wonem de Stimm herkamen deit, un do ward se en Hoppetuuts[1] wies, de stickt sin grimmige[2] Kopp ut dat Water rut. Och, seggt se, he ole Waterplanscher is dat. Se weent um ehr gollne Ball, de is ehr dalfullen in'e Born. Se schall sik man wedder inkriegen un dat Blarrn nalaten, seggt de Hoppetuuts, dar weet he woll Raat för, man wat se em geven will, wenn he ehr Speltüüg wedder ruphalen

---

[1] Hoppetuuts = Frosch
[2] grimmig = hässlich (dän. grim)

deit. He kann allens kriegen, wat he hebben will, seggt de Königsdochter, ehr Tüüg, ehr Parlen un Eddelsteens un uck noch de gollne Kroon, de se up'e Kopp hett. Do seggt de Hoppetuuts, ehr Tüüg, ehr Parlen un Eddelsteens un ehr gollne Kroon, dat Schiet kann se allens beholen, dar kann he nix mit anfangen. Man wenn se em leev hebben will, un he schall ehr Fründ un Spelkameraad we'n, un schall an'e Disch blangen ehr sitten un vun ehr gollne Teller eten un ut ehr Beker drinken un in ehr Bett slapen, denn so will he he seh'n un kamen dal in'e Soot un halen ehr de gollne Ball wedder rup. Och ja, seggt se, se will em allens toseggen, wat he man will, wenn he ehr man blots de dare Ball wedderbringen will. Man bi sik denkt se, wat de dare doesige Hoppetuuts dar al tüünt, de sitt dar in't Water bi sin Lüüd un quarkt, de kann ja nich de Fründ vun en Minsch we'n.

As se de Hoppetuuts dat toseggt hett, do dükert he sin Kopp ünner un sackt dal, un na en Stoot kümmt he wedder rupspaddelt, hett de Ball in'e Snuut un spüttet 'n in't Gras. De Königsdochter freut sik bannig, as ehr feine Speltüüg ehr wedder vör Ogen kümmt. Se kriggt dat up un löppt dar weg mit. De Hoppetuuts röppt, se schall töven un em mitnehmen, he kann ja nich so gau lopen as se. Man dat nützt em nix, un wenn he noch so luut quarkt, se hört dar nich na. Se löppt stracks na Huus un hett de stackels Hoppetuuts bald vergeten, un he mutt wedder dal in sin Born.

De neegste Dag sitt se mit de König un all de Hofflüüd bi't Middageten un itt vun ehr gollne Teller, do kümmt dar – plitsch, platsch, plitsch, platsch – wat de Marmeltrepp hooch, un as dat baven is, do kloppt dat an'e Dör un röppt: „Königsdochter, jüngste, maak de Dör up!" Se löppt ja hen un will nakieken, wokeen dar is. Man as se de Dör upmaakt, do sitt dar de Hoppetuuts vör. Do ballert se de Dör gau wedder dicht un sett sik wedder dal. Man ehr is ganz anners vör Angst. De König ward ja wies, dat ehr Hart ganz gresig kloppen deit, un do fraagt he ehr, wonem se bang' vör is, um dar vellicht en Ries vör de Dör steiht un will ehr halen. Och nee, seggt se, dat is keen Ries, dat is en gresige Hoppetuuts. Wat de denn vun ehr will, will de König weeten. Och, seggt se, as se güstern in't Holt an'e Born seten hett to spelen, do is ehr gollne Ball ehr dar rinfullen in'e Born, un do hett se so dull weent, un do hett de Hoppetuuts 'n wedder ruphaalt. Man do hett he dat dörchut hebben wullt, he schull ehr Fründ warrn, un do hett se em dat toseggt, man se hett ja nümmer nich dacht, he kunn rut ut sin Water. Man nu is he buten un will rin na ehr. Un do kloppt dat al wedder un röppt:

„Königsdochter, jüngste,
maak de Dör up!
Weetst du nich, wat du güstern
mi toseggt hest bi de köhlige Born?
Königsdochter, jüngste,
maak de Dör up!"

Do seggt de König, wat se toseggt hett, dat mutt se uck holen; se schall man hengahn un upmaken. Do geiht se hen un maakt de Dör up, un de Hoppetuuts hoppt rin, ümmer achter ehr ran bet na ehr Stohl. Dar sitt he denn un röppt, se schall em na sik hooch-böhren. Se toegert, bet de König seggt, se schall dat doon. As de Hoppetuuts eerst up'e Stohl is, do will he up'e Disch, un as he dar sitten deit, seggt he, se schall ehr Teller neeger ranschuven, dat se tosamen eten koenen. Se deit dat ja, man nich geern, dat kann een ehr ansehn. De Hoppetuuts lett sik dat smecken, man ehr blifft meist elkeen Brock in'e Hals sitten. Toletzt seggt he, nu hett he sik satt eten, un nu is he möö', se schall em in ehr Kamer drägen un ehr siedene Bett torechtmaken, denn woe'n se slapen gahn. Do ward de Königsdochter weenen un is bang' vör de kole Hoppetuuts; de mag se nich mal anfaten, un nu schall he in ehr feine, reine Bett slapen. Man do ward de König dull un seggt, de ehr hulpen hett, in'e Noot de schall se achterher nich minnachtig ankieken.

Do kriggt se em faat mit twee Fingern, driggt em na baven un sett em dal in en Eck. Man as se in't Bett liggt, kümmt he ankrapen un seggt, he is möö' un will slapen so guut as se; se schall em upböhren, oder he will dat to ehr Vadder seggen. Do ward se richtig giftig. Se kriggt em faat un smitt em, all wat se kann, an'e Wand. Nu ward he sachs Ruh hebben, seggt se, as he dalfallt. Man as he sik wedder tohööcht rappelt hett, do is dat keen Hoppetuuts mehr, do is dat en Königssoehn mit smucke, fründliche Ogen. De schall nu, as ehr Vadder dat will, ehr Fründ un Mann we'n. Do vertellt he ehr, en leege Hex hett em verwünscht hatt, un keeneen hett em ut'e Born rut erlösen kunnt as blots se, un de neegste Dag woe'n se tosamen na Huus in sin Riek fahren. Denn slapen se in, un as de neegste Morrn de Sünn se waak maakt, do kümmt dar en Waag anfahrt mit acht Schimmels vör, de hebben witte Fedderbüsche up'e Kopp un sünd anspannt mit gollne Keden, un achtern steiht de junge König sin Deener, dat is de true Hinnerk.

De true Hinnerk is so trurig we'n, as sin Herr to en Hoppetuuts wurrn is, he hett sik dree ieserne Bänner um sin Hart leggen laten, dat em dat nich vör Wehdaag un Truer bassen deit. Nu schall de Waag de junge König afhalen na sin Riek. De true Hinnerk böhrt se beide rin, stellt sik wedder achtern up un is vull Freud, dat sin Herr erlöst is. Un as se en Stück fahrt sünd, do hört de Königssoehn, achter em knackt dat, as wenn dar wat tweibraken is. Do dreiht he sik um un röppt:

„Hinnerk, de Waag brickt!"

„Nee, Herr, de Waag nich,
dat is en Band we'n vun min Hart,
dat leeg in grote Weh un Smart,
as in'e Born I sitten dä'n,
en Hoppetuuts sünd I do we'n."

Nochmal un nochmal knackt dat ünnerwegens, un de Königssoehn meent ümmer, de Waag brickt, un dat sünd doch man de ieserne Bänner, de springen vun de true Hinnerk sin Hart af, um dat sin Herr nu erlöst is un glücklich.

Dat Grugen lehrn

Dar is mal en Vadder we'n, de hett twee Soehns hatt. De öllste vun se is klook un plietsch we'n, man de jüngste de is doesig we'n un hett nix begriepen un nix lehrn kunnt. Un wenn de Lüüd em sehn hebben, denn so hebben se seggt, mit de ward de Vadder noch sin Mars hebben. Wenn dar wat to doon we'n is, denn so hett dar ümmer de Öllste mit anseten. Man wenn de för sin Vadder noch laat oder gar bi Nacht wat hett halen schullt un de Weg is oever de Kirchhoff oder anners en gruliche Stä' gahn, denn hett he seggt, nee, dar geiht he nich hen, dar gruugt em dat, denn he is en Bangbüx we'n. Oder wenn avends an't Füer Geschichten vertellt wurrn sünd, 'nem een dat mal koolt bi oever de Rüch lopen kann, denn hebben de Tohörers faken seggt, dat gruugt se. Un de Jüngste hett in'e Eck seten un dat mit anhört un hett nich begriepen kunnt, wat dat bedüden schall. Ümmer seggen se: „Dat gruugt mi, dat gruugt mi", hett he denn dacht. Em hett dat nich gruugt, un do hett he meent, dat is sachs uck so'n Kunst, 'nem he nix vun verstahn deit.

Mal seggt de Vadder to em, as he in sin Eck sitten deit, he ward nu bi lütten groot un stark, he mutt uck wat lehrn un verdeenen sin Broot mit. He schall sik mal sin Broder ankieken, wo de sik afmarst, man mit em is ja gar nix los. O, seggt he, he will geern wat lehren. Wenn dat angahn kann, seggt he, denn so will he geern lehren, dat em grugen ward, dar versteiht he noch gar nix vun. As de Öllste dat hört, kriggt he dat Lachen un denkt bi sik, wat sin Broder doch för'n Doeskopp is, ut de ward sin Daag nix: De en Haak warrn will, de mutt sik bitieden krumm maken. Un de Vadder süüfzt mal deep up un seggt to em, dat Grugen, dat schall he sachs lehrn, man sin Broot, dat kann he dar nich mit verdeenen.

Paar Daag later kümmt de Köster to Besöök, un do klaagt de Ole, wat he för'n Ackewars hett mit sin jüngste Soehn, de is in all Dingen so leeg bewannert un weet nix un lehrt nix. As he em fraagt hett, vertellt he, 'nem he sin Broot mit verdeenen will, do hett he verlangt, he will dat Grugen lehrn. Wenn't wieder nix is, seggt de Köster, dat kann he bi em lehrn. He schall em man na em henschicken, he will em al behoeveln. Dar is de Ole tofreden mit, he denkt, denn ward de Bengel doch en beten t'recht-stuukt.

He kümmt denn ja bi de Köster in't Huus, un do mutt he de Klock lüden. Na en paar Daag weckt de Köster em um Middernacht, he schall upstahn, up'e Kirchtoorn stiegen un de Klock lüden. „Du scha'st noch lehren, wat Grugen is", denkt he un geiht heemlich vörut. Un as de Jung baven is, sik umdreiht un de Klockenstrang faatnehmen will, do süht he up'e Trepp gegenoever dat Schalllock en witte Gestalt stahn. He röppt 'n an, man de Gestalt antert nich un roegt sik nich. Do seggt de Jung, de anner schall antern oder sik afglie'n, he hett dar bi Nacht nix to söken. Man de Köster blifft stuur un stief stahn, de Jung schall ja gloven, he is en Spöök. De Jung röppt em dat tweete Mal an, wat he dar will. Wenn he en ehrliche Keerl is, seggt he, denn so schall he wat seggen, oder he will em de Trepp dalsmieten. Och, denkt de Köster, dat is so dull sachs nich meent, un gifft keen Luut vun sik un steiht, as wenn he ut Steen is. Do röppt de Jung em dat drütte Mal an, un as dar uck nix bi rutkümmt, do nimmt he Anloop un stött de Spöök de Trepp dal, dat de tein

Stopen dalfallt un in een Eck liggen blifft. Denn lüüd't he de Klock, geiht na Huus, seggt keen Woort un leggt sik to Bett un slöppt wieder.

De Köster sin Fruu luert ja en ganze Tied up ehr Mann, man de kümmt un kümmt nich wedder. Do kriggt se dat mit'e Angst, se weckt de Bengel un fraagt em, um he nich weet, wonem ehr Mann afbleven is, he is vör em up'e Toorn stegen. Nee, seggt de Jung, man dar hett een gegenoever vun dat Schalllock up'e Trepp stahn, un as de nich hett antern wullt un hett uck nich weggahn wullt, do hett he meent, dat is en Spitzboov, un hett em de Trepp dalschubbt. Se schall man hengahn un nakieken, seggt he, denn ward se sachs wies, um he dat we'n is, dat schull em leed doon. De Fruu denn ja hen un finnt dar ehr Mann in en Eck liggen un jammern, he hett en Been braken.

Se slept em dal, un denn nix as mit grote Spektakel roever na de Bengel sin Vadder. Sin Jung, seggt se, de hett grote Unglück maakt, ehr Mann hett he de Trepp dalsmeten, un do hett de en Been bi braken; he schall tosehn un kriegen de dare Doegnix ut se's Huus. De Vadder verfehrt sik, kümmt anlapen un schimpt de Jung düchtig ut. Wat dat för'n gottlose Hansbunkentoeg sünd, dat mutt em ja woll de Düvel ingeven hebben, meent he. Man de Jung seggt, he kann dar gar nix för: De anner hett dar stahn bi Nacht as een, de wat Leeges vörhett. He hett ja nich wusst, wokeen dat is, un do hett he em dreemal vermahnt, he schall wat seggen oder weggahn. Och, seggt de Vadder, mit em hett he nix as Maleschen, he schall em ut'e Ogen gahn, he will em nich mehr sehn. Ja, seggt de Jung, he schall man töven, bet dat Dag is, denn so will he lostrecken un dat Grugen lehrn, denn versteiht he doch tominnst een Kunst, de em nähren kann. He kann vun sinetwegen lehren, wat he will, seggt de Ole, em is dat all eendoont. Un denn gifft he em föftig Daler, dar schall he mit in'e wiede Welt gahn. Man he schall jo keeneen vertellen, wonem he her is un wokeen sin Vadder is, seggt he, he mutt sik ja rein schamen för em. Ja, seggt de Bengel, wenn he anners nix vun em verlangen is, dat will he woll kriegen.

As dat nu Dag ward, stickt de Jung sin föftig Daler in'e Tasch, geiht rut up'e grote Landstraat un seggt ümmer vör sik hen: „Wenn't mi doch man grugen wull! Wenn't mi doch man grugen wull!" Do kümmt dar en Mann vörbi, de hört, wat de Jung ümmer to sik sülven seggen deit, un as se en Stück wieder kamen sünd un de Galgen up Sicht kriegen, do seggt de Mann to em: „Kiek mal, dar is de Boom, 'nem soeven Mann mit de Reepsläger sin Dochter Hochtied fiert hebben un nu dat Fleegen lehrn. Sett di dar man mal ünner dal un tööv, bet dat Nacht ward, denn scha'st dat Grugen sachs lehrn." Wenn dar wieder nix bi is, seggt de Jung, dat is ja licht to. Man wenn he so gau dat Grugen lehrt, denn so schall de anner sin föftig Daler hebben, he schall man de neegste Morrn wedder na em henkamen. Denn geiht de Jung na de Galgen, sett sik dar ünner dal un luert up'e Avend. Do ward he freern, un he fengt sik en Füer an. Man hen to Middernacht ward de Wind so koolt, he kann uck an't Füer nich warm warrn. Un as de Wind de Galgenvageln an enanner stött un se hen- un herbammeln, do denkt he, he freert al dar nedden an't Füer, wodennig moegen do eerst de dar baven freern un bevern. Un do doon se em leed, un he sett de Lerring[1] an, stiggt dar rup, maakt een na de anner los un haalt se all soeven dal. Denn raakt he in't Füer, püüstert dat up un sett se rundum hen, dat se sik doch warmen schoe'n. Man se sitten dar un roegen sik nich, un dat Füer kriggt faat up se's Tüüg. Do seggt he, se schoe'n doch uppassen, anners hängt he se wedder rup. Man de Doden hören nich, seggen nix un laten se's Plünnen wiederbrennen. Do ward he dull un seggt, wenn se nich uppassen woe'n, denn kann he se uck nich helpen, he will nich mit se verbrennen, un do hängt he se een na de anner wedder rup. Denn sett he sik dal bi sin Füer un slöppt in. Un de neegste Morrn, do kümmt de Mann na em, he will ja sin föftig Daler halen, un he fraagt em, um he nu weet, wat Grugen is. Nee, seggt he, wonem he dat denn woll vun weeten schall. De dar baven hebben dat Muul nich upmaakt, un se sünd so doesig we'n, se hebben de paar ole Plünnen, de se an't Liev hebben, brennen laten. Do süht de Mann, de föftig Daler kriggt he vundaag för wiss nich. So een is em noch nich vörkamen, seggt he un glitt sik af.

De Jung schechelt uck wieder un fangt wedder an un snacken vör sik hen: „Och, wenn't mi doch man grugen wull! Och, wenn't mi doch man grugen wull!" Dat hört en Fohrmann, de geiht achter em her, un fraagt, wokeen he is. „Weet ik nich", seggt de Jung. De Fohrmann fraagt wieder, wonem he her is. „Weet ik nich", seggt de Jung. Wokeen sin Vadder is, will de anner weeten. Dat dörv he nich seggen, seggt de Jung. Wat he dar denn ümmer in sin Baart brummelt? Och, seggt de Jung, he wull so geern, dat em dat grugen dä, man keeneen kann em dat lehrn. He

---

[1] Lerring = Leiter

schall nich so'n Tüünkraam snacken, seggt de Fohr-
mann, he schall man mit em gahn, he will tosehn un
kriegen em ünnerbröcht.

De Jung geiht mit de Fohrmann mit, un hen to
Avend kamen se an en Kroog, dar woe'n se Nacht
blieven. As se in'e Stuuv kamen, do seggt he wedder
heel luut: „Wenn't mi man grugen wull! Wenn't mi
man grugen wull!" Dat hört de Kröger, he lacht un
seggt, wenn he dar scharp up is, denn finnt sik dar
sachs en Gelegenheit. He schall doch sin Swiegstill
holen, seggt do de Krögersch to ehr Mann, so mennig
dummdrieste Keerl hett dar al sin Leven tosett, un
dat weer doch jammerschaa um de dare smucke
Ogen, wenn se dat Dagslicht nich wedder to seh'n
kriegen schullen. Man de Jung seggt, un wenn dat
noch so swaar is, he will un will dat nu mal lehrn,
darum is he ja vun to Huus lostrocken. Un he lett de
Kröger keen Ruh, bet de darmit vördag kümmt, nich
wied af steiht en verwünschte Slott, dar kann een
sachs lehrn, wat Grugen is, wenn he dar man dree
Nachten in waken will. De König hett de, de dat wa-
gen will, sin Dochter as Fruu toseggt, un dat is de
smuckste Deern ünner de Sünn. In dat Slott sünd
uck Bargen vun Gold un Eddelsteens, de warrn
wahrt vun leege Spökels, un de dare Kraam ward
denn frie un kann sachs en arme Mann riek maken.
Dar sünd al en Barg Keerls ringahn, man dar is noch
keeneen wedder rutkamen. Do geiht de Jung de
neegste Morrn hen na de König un seggt, wenn he
dörv, denn so will he woll dree Nachten in dat ver-
wünschte Slott waken. De König kickt em an, un de
Bengel gefallt em, un do seggt he, he dörv sik noch
dree Saken utbeden, man nix Lebenniges, un de dörv
he mit rinnehmen in't Slott. Do seggt he, he will

Füer hebben, en Dreihbank un en Toggbank mit en Mess.

De König lett dat allens bi Dag rupbringen na't Slott. As dat Nacht warrn will, geiht de Jung rup, maakt sik in een vun de Kamern en helle Füer an, stellt de Toggbank mit dat Mess darbi un sett sik up'e Dreihbank. „Och, wenn't mi man grugen wull", seggt he, „man hier warr ik dat uck nich lehrn." Hen to Middernacht will he sik dat Füer mal en beten upüüstern. As he dar so rinpuusten deit, do ward dat upmal ut een Eck schrien: „Au, miau, wi freern so dull!" – „I Doesköppe", röppt he, wenn I freern, denn kumm un sett ju an't Füer un warm ju!" Knapp hett he dat seggt, kamen dar twee grote swatte Katten anjumpt, setten sik up elker Siet vun em dal un kieken em mit se's glöhnige Ogen wild an. Na en Tied, as se sik warmt hebben, fragen se em, um se nich schoe'n Kaarten spelen. Ja, warum nich, seggt he, man se schoe'n em mal se's Poten wiesen. Do strecken se de Krallen ut. Oh, seggt he, se hebben ja so'n lange Klauen, de mutt he se eerst en beten afsnieden. Un do kriggt he se bi de Kripps, sett se up'e Toggbank un schrüfft se de Poten fast. He hett se up'e Fingern keken, seggt he, do vergeiht em de Lust an't Kaartenspelen. Un do haut he se doot un smitt se rut in't Water.

Man as he de beiden to Ruh bröcht hett un will sik wedder an sin Füer setten, do kamen ut all Ecken un Ennen swatte Katten un swatte Hünne an glöhnige Keden, ümmer mehr un ümmer mehr, he kann sik rein gar nich bargen. De schrien gresig, trampen up sin Füer, rieten dat ut'nanner un woe'n dat utmaken. He kickt sik dat en Wiel ruhig mit an, man denn ward em dat to dull, un he kriggt sin Snittjermess faat un röppt, se schoe'n sehn un kamen weg, un haut up se los. Wecken springen weg, de annern haut he doot un smitt se rut in'e Diek. As he wedder rinkümmt, puustet he ut de Funken sin Füer wedder in'e Gang' un warmt sik. As he dar nu so sitten deit, kann he de Ogen nich mehr recht apenholen, un he kriggt Lust un slapen. He kickt sik um un ward in'e Eck en grote Bett wies. Dat is em jüst recht, seggt he bi sik un leggt sik dar rin. Man as he de Ogen tomaken will, do fangt dat Bett an un rullt un fahrt in't heele Slott rum. Recht so, seggt he, man ümmer jüh. Do rullt dat Bett afste', as weern dar söss Perde vörspannt, oever Dörsüllen un Treppen, up un dal. Upmal, wupp! smitt dat um, dat Ünnerste na baven, un liggt up em as en Barg. Man he smitt Deken un Küssens bisiet, klabastert dar rut un seggt, nu schall fahren, de dar Lust to hett. Un denn leggt he sik an sin Füer un slöppt, bet dat Dag ward.

De neegste Morrn kümmt de König, un as he em dar an'e Grund liggen süht, do meent he, de Spökels hebben em afmurkst un he is doot. Dat is doch schaa um de smucke Keerl, seggt he. Dat hört de Jung, sett sik up un seggt, so wiet is dat noch nich. Do wunnert de König sik, man he freut sik un fraagt, wodennig em dat gahn hett. Recht guut, seggt he, een Nacht is rum, un de beide annern kriggt he sachs uck rum. As he na de Kröger kümmt, do maakt de grote Ogen. He harr nich dacht, seggt he, dat he em nochmal lebennig weddersehn dä. Um he denn nu lehrt hett, wat Grugen is. Nee, seggt he, dat nützt allens nix. Wenn em dat doch blots een seggen kunn!

De tweete Nacht geiht he wedder rup na't ole Slott, sett sik an't Füer un fangt dat ole Leed wedder an vun wegen: „Wenn't mi doch man grugen wull!" As

dat up Middernacht geiht, gifft dat en Larm un Pul-
tern, toeerst sachten, denn ümmer luder, denn is't en
beten ruhig, un toletzt kümmt mit grote Larm en
halve Minsch de Schosteen dal un fallt vör em hen.
„Höh", röppt he, „dar hört noch en halve mit to, dat
is nich nugg!" Do geiht de Radau wedder vun fri-
schen an, dat larmt un huult, un denn fallt de anner
Hälft uck dal. „Tööv", seggt he, „ik will eerst dat
Füer en beten uppüüstern." As he dat daan hett un
dreiht sik wedder um, do sünd de beiden Stücken to-
hopenwussen, un dar sitt en gruliche Keerl up sin
Platz. Nee, seggt de Jung, sodennig hebben se nich
wett', de Bank is sin. De Keerl will em wegdrängeln,
man de Jung lett sik dat nich gefallen un schüfft em
mit Gewalt weg un sett sik wedder up sin Platz. Do
kamen dar noch mehr Keerls dalfullen, een na de
anner, un denn halen se negen Dodenbeens un twee
Dodenköppe, setten up un spelen Kegel. De Jung
kriggt uck Lust un fraagt, um he mitmaken kann.
Ja, wenn he Geld hett. Geld nugg, seggt he, man se's
Kugeln sünd ja nich recht rund. Un do nimmt he de
Dodenköppe, spannt se in'e Dreihbank un dreiht se
rund. So, seggt he, nu warrn se sachs beter rullen.
Ja, nu geiht dat fein. He spelt mit un verleert en
beten vun sin Geld, man as de Klock twölf sleit, do is
mitmal allens weg. De neegste Morrn kümmt de
König un will nakieken. Wodennig em dat dütmal
gahn hett, fraagt he. He hett kegelt, seggt he, un
hett en paar Gröschen verlaren. Um em denn nich
gruugt hett, fraagt de König. Och wat, seggt he,
Spaaß hett he hatt. Wenn he man blots weeten dä,
wat Grugen is!

De drütte Nacht sett he sik wedder up sin Bank un
seggt heel verdreetlich: „Wenn't mi man grugen

wull!" As dat laat ward, do kamen dar söss grote Keerls rin mit en Sarg. Do seggt he, ha ha, dat is sachs sin Vetter, de is vör en paar Daag dootbleveen. Un he winkt mit'e Finger un röppt: „Kumm, Vetter, kumm!" Se stellen dat Sarg an'e Grund, un he geiht hen un maakt de Deckel up. Do liggt dar en dode Keerl in. He föhlt em mal an't Gesicht, man dat is koolt as Ies. „Tööv", seggt he, „ik will di en beten warmen." He geiht na't Füer, warmt sin Hand un leggt em de up't Gesicht, man de Dode blifft koolt. Do nimmt he em rut, sett sik an't Füer un nimmt em up sin Schoot, un denn rifft he em de Arms, darmit dat Bloot wedder in'e Gang' kamen schall. Man dat helpt uck nich. Do fallt em in, wenn twee tohopen in't Bett liggen, denn warmen se sik. Un do bringt he em in't Bett, deckt em fein to un leggt sik darbi. Na en Wiel ward de Dode uck würklich warm un fangt an un roegt sik. Do seggt de Jung: „Sühst woll, Vetter, harr ik di nich warmt!" Man de Dode kümmt in'e Gang' un röppt: „Nu murks ik di af!" – „Wat?" seggt de Jung, „is dat de Dank? Foorts scha'st du wedder in din Sarg!" Un do nimmt he em, smitt em rin un maakt de Deckel to. Do kamen de söss Keerls un drägen dat Sarg wedder weg. „Mi ward un ward nich grugen", seggt he, „hier lehr ik dat in't Leven nich."

Do kümmt dar en Keerl rin, de is grötter as all de annern, un de süht gresig ut. Man he is oolt un hett en lange, witte Baart. O, seggt he, nu schall he bald lehrn, wat Grugen is, denn he schall starven. Man nich so gau, seggt de Jung, wenn he starven schall, denn so mutt he dar ja sülven mit bi we'n. He will em al kriegen, seggt de anner. Man sachten, seggt de Jung, he schall sik man nich breeder maken, as sin Hemd is. So stark as de anner is he al lang, un sachs noch stärker. Dat woe'n se doch mal sehn, seggt de Ole, wenn de Jung stärker is as he, denn so will he em gahn laten. Se woe'n dat mal versöken. Un do bringt he em dör allerhand düüstere Gäng' na en Smä'füer, kriggt sik en Äx un haut de eene Ambolt mit een Slag in'e Grund. Dat kann he noch beter, seggt de Jung un geiht na de anner Ambolt. De Ole stellt sik blangen em hen un will tokieken, un sin lange Baart hängt dal. Do kriggt de Jung de Äx faat, klöövt de Ambolt mit een Slag un klemmt de Ole sin Baart mit in. „Nu heff ik di faat", seggt he, „nu is dat Starven an di!" Un he kriggt en Isenstang faat un döscht up de Ole los. Do kriggt de dat Wimmern un seggt, he schall doch man upholen, he will em uck en Barg Gold geven. Do treckt de Jung de Äx rut un lett em los. De Ole bringt em wedder t'rügg in't Slott un wiest em in en Keller dree Kastens mit Gold. Een Deel, seggt he, is för de Armen, een Deel schall de König hebben, un de drütte Deel hört de Jung to. Bi dat sleit de Klock twölf, dat Spöök verswinnt, un de Jung steiht in Düüstern. He ward sik sachs ruthelpen koenen, seggt he bi sik sülven, tappt dar rum, finnt de Weg na de Kamer un slöppt dar denn in an sin Füer. De neegste Morrn kümmt de König un meent, nu hett he doch sachs lehrt, wat Grugen is. Nee, seggt he, wat dat blots is? Sin dode Vetter is dar we'n un en Keerl mit en Baart is kamen un hett em dar nedden en Barg Geld wiest, man wat Grugen is, dat hett em keeneen seggt. Do seggt de König, he hett dat Slott erlöst un schall sin Dochter heiraden. Dat is ja allens schön un guut, seggt he, man wat Grugen is, dat weet he ümmer noch nich.

Do ward denn dat Gold ruphaalt un de Hochtied fiert, man de junge König, so leev he sin Fruu uck

hett un so vergnöögt as he is, he seggt doch ümmer-
to: „Wenn't mi doch man grugen wull! Wenn't mi
doch man grugen wull!" Toletzt langt ehr dat. Do
seggt ehr Kamerdeern, dar weet se sachs Raat för,
dat Grugen schall he woll lehrn. Se geiht rut na de
Bek, de löppt dar dör de Gaarn, un haalt sik en heele
Ammer vull Grundeln. Bi Nacht, as de junge König
slöppt, mutt sin Fruu em denn de Dek wegtrecken
un em de Ammer vull kole Water mit all de Grun-
deln in oever't Liev kippen, dat de lütte Fisch man so
um em rum spaddeln. Do ward he waak un röppt:
„Oh wat gruugt mi, wat gruugt mi! Ja, leeve Fruu,
nu weet ik, wat Grugen is!"

De Wulf un de soeven Zegenlämmer

Dar is mal en ole Zeg we'n, de hett soeven lütte Läm-mer hatt, un de hett se so leev hatt, as en Mudder ehr Kinner man leev hebben kann. Een Dag will se to Holts un wat to freten halen, un do röppt se se all soeven tohopen un seggt: „Leeve Kinner, ik will to Holts. Wahrt ju vör de Wulf, wenn de rinkümmt, denn fritt he ju alltohopen up mit Huut un Haar. De Hallunk verstellt sik faken, man an sin ruge Stimm un sin swatte Fööt koenen I em foorts kennen." De Lämmer seggen, se woe'n sik al wahren, se kann ruhig gahn un schall sik keen Sorgen maken. Do meckert de Oolsch un maakt sik geruhig up'e Weg.

Dat duert nich lang', do kloppt dar een an'e Huusdör un röppt, se schoe'n upmaken, se's Mudder is dar un hett se uck all wat mitbröcht. Man de lütte Lämmer hören an de ruge Stimm, dat is de Wulf, un do ropen se t'rügg, se maken nich up, he is nich se's Mudder, de hett en fiene un sachte Stimm, un sin Stimm is ruug, he is de Wulf. Do geiht de Wulf weg un hen na en Hoeker un köfft sik en grote Stück Kried. Dat fritt he up, un dar maakt he sin Stimm fien mit. Denn geiht he wedder hen, kloppt an'e Dör un röppt, se schoe'n upmaken, se's Mudder is dar un hett se all wat mitbröcht. Man de Wulf hett sin swatte Poot in't Finster leggt, dat sehn de Lütten un ropen t'rügg, se maken nich up, se's Mudder hett keen swatte Foot as he: He is de Wulf. Do löppt de Wulf na en Bäcker un seggt, he hett sik de Foot stött, he schall em dar doch en beten Deeg upsmeren. Un as de Bäcker dat daan hett, do löppt de Wulf na de Möller un seggt, he schall em witte Mehl up sin Poot streuen. De Möller denkt bi sik, de Wulf will sachs een oeverdüveln, un do seggt he, nee, dat deit he nich. Man de Wulf seggt, wenn he dat nich deit, denn so will he em upfreten. Do ward de Möller bang' un maakt em de Poot witt. Tjä, sodennig sind nu mal de Minschen.

Denn geiht de Hallunk dat drütte Mal an de Huusdör, kloppt an un seggt, se schoe'n em de Dör upmaken, se's Mudder is na Huus kamen un hett elkeen vun se wat mitbröcht ut't Holt. Do ropen de Lämmer, he schall se eerst sin Poot wiesen, dat se weeten, he is se's leeve Mudder. Do leggt he sin Poot in't Finster, un as se sehn, de is witt, do meenen se, dat is allens wahr, wat he seggt, un do maken se de Dör up. Man de dar rinkümmt, dat is de Wulf. Do verfehrn se sik un woe'n sik versteken. Een springt ünner de Disch, dat tweete in't Bett, dat drütte in'e Aben, dat veerte in'e Koek, dat föffte in't Schapp, dat sösste ünner de Waschschöttel, dat soevente in'e Kasten vun'e grote Klock. Man de Wulf finnt se all un maakt nich vel Ackewars: Een na dat anner sluckt he oever mit sin grote Muul; blots dat jüngste in'e Klockenkasten, dat finnt he nich. As de Wulf sik nugg plegt hett, tüffelt he afste' un leggt sik buten up'e gröne Wisch ünner en Boom to slapen.

Nich lang', un de ole Zeg kümmt ut't Holt na Huus. O, wat mutt se do wieswarrn! De Huusdör steiht sparrangelwiet apen, Disch, Stöhl un Bänk sünd umsmeten, de Waschschöttel liggt in Schören an'e Grund, un de Küssens sünd ut't Bett reten. Se söcht ehr Kinner, man de sünd narms to finnen. Do röppt se se een bi een mit se's Namens, man keeneen mellt sik. Eerst as de Jüngste an'e Reeg is, do röppt en fiene Stimm: „Mama, ik sitt hier in'e Klock!" Se haalt dat Lütte rut, un do vertellt dat, de Wulf is kamen un hett de annern all upfreten. Do koenen I ju denken, wat se um ehr stackels Kinner blarrt hett.

Toletzt geiht se rut in all ehr Jammer, un dat jüngste Lamm löppt mit. As se na de Wisch kamen, do liggt de Wulf dar an'e Boom un snorkt, dat de Telgens bevern. Se bekickt em vun all Sieden, un do ward se wies, in sin dicke Buuk, dar roegt sik wat un spaddelt. Och Gott, denkt se, schullen ehr stackels Kinner, de he to Avendbroot dalwörgt hett, noch an't Leven we'n? Do mutt de Lütte gau na Huus lopen un Scher, Nadel un Tweern halen. Denn snitt se dat Undeert de Buuk up, un knapp hett se dar Lock up, do stickt al een Lamm de Kopp rut, un as se wieder klippt, do springen se een na dat anner all söss rut, un se sünd all noch lebennig un hebben nich mal Schaden nahmen, denn dat Undeert hett se gluupsch in Ganzen dalsluukt. Wat en Freud! Do fallen se all se's Mudder um'e Hals un hoppen as en Snieder to Hochtied. Man de Oolsch seggt, se schoe'n gau wecke Feldsteens söken, dar woe'n se dat Undeert de Buuk mit vull maken, so lang' as dat noch slapen deit. Do slepen de soeven Lämmer gau de Steens ran un proppen em de in'e Buuk so vel, as se rinkriegen. Denn neiht de Oolsch em gau wedder dicht, un he markt dar nix vun un roegt sik nich mal.

As de Wulf upletzt utslapen hett, maakt he sik up'e Beens, un do hett he vun all de Steens in sin Buuk so'n bannige Dörst. Do will he hengahn na en Soot un supen. Man as he bikümmt un geiht un bewegt sik hen un her, do stöten de Steens in sin Buuk tosamen un roetern. Do röppt he:

„Wat rummelt un grummelt
dar in min Buuk rum?
Ik meen, dat weern söss Zegenlämmer,
un nu sünd dat idel Feldsteens!"

Un as he na de Soot kümmt un böögt sik oever de Kant un will supen, do trecken de sware Steens em dal in't Water, un he mutt elennig versupen. As de soeven Lämmer dat sehn, do kamen se anlapen un ropen luut: „De Wulf is doot! De Wulf is doot!" un danzen vör Freud mit se's Mudder um'e Soot rum.

De true Jehann

Dar is mal en ole König we'n, de is süük we'n un hett föhlt, dat is sin letzte Lager, 'nem he up liggen deit. Un do hett he de true Jehann kamen laten. De true Jehann, dat is sin leevste Deener we'n, un he hett em de dare Naam geven, wiel dat he em sin Leven lang so truu deent hett.

As de nu vör dat Bett kümmt, do seggt de König to em, he föhlt, dat geiht to Enne mit em, un do hett he blots een Sorg, un dat is um sin Soehn, de is noch so jung un weet sik nich ümmer Raat, un wenn de true Jehann em nich verspreken deit, dat he em allens bibringen will, wat he weeten mutt, un will em en Plegvadder we'n, denn so kann he sin Ogen nich geruhig tomaken. Do seggt de true Jehann, he will em nich verlaten un will em truu deenen, un schull't em uck dat Leven kosten. Dat is guut, seggt de ole König, denn starvt he ruhig un in Freden. Un wenn he denn doot is, denn so schall de true Jehann sin Soehn dat heele Slott wiesen, all de Kamern, Saalen un Kellern, un all dat Gold, wat dar in liggen deit; man de letzte Kamer in'e lange Gang, 'nem dat Bild vun de Königsdochter vun't gollne Dack in is, de schall he em nich wiesen. Wenn he dat dare Bild to sehn kriggt, denn so ward he ehr foorts ganz dull leev hebben un ward beswiemen, un he ward um ehr in grote Gefahr kamen; dar schall Jehann em vör wahren. Un as de true Jehann de ole König dar nochmal de Hand up geven hett, do ward de heel still, leggt de Kopp up't Küssen un blifft doot.

As de ole König inkuhlt is, do vertellt de true Jehann de junge König, wat he sin Vadder up't Dodenlager toseggt hett, un seggt, he will dat för wiss holen un will em truu we'n, as he dat sin Vadder we'n is, un schull't em uck dat Leven kosten. Na, de Truertied geiht vörbi, un do seggt de true Jehann to em, dat is an de Tied, dat he sin Arv to sehn kriggt: He will em sin Vadder sin Slott wiesen. Do geiht he oeverall rum mit em un lett em all de kostbare Saken un prachtvulle Kamern bekieken; blots een Kamer maakt he nich up, de, 'nem dat gefährliche Bild in steiht. Dat dare Bild is sodennig henstellt, wenn de Dör upgeiht, denn so kickt man dar liek up, un dat is so fein maakt, een meent, dat is lebennig un dat gifft nix up'e Welt, wat söter lett un smucker is. Man de junge König ward ja doch wies, de true Jehann geiht ümmer an een Dör vörbi, un do fraagt he, warum he em de dare Dör nie nich upsluten deit. Dar is wat in, seggt de true Jehann, dar ward he bang' vör. Man de König seggt, he hett dat heele Slott sehn, nu will he uck weeten, wat dar in is, un he geiht hen un will de Dör mit Gewalt upmaken. Do hollt de true Jehann em t'rügg un seggt, he hett dat sin Vadder vör sin Dood toseggt, he schall dat nich to sehn kriegen, wat dar in de Kamer steiht; dat kunn för se beid en grote Unglück geven. Och nee, seggt de junge König, wenn he dar nich rinkümmt, denn is dat för wiss sin Ver-darv, denn so hett he Dag un Nacht keen Ruh, bet he dat sehn hett. Nu will he sik nich vun'e Plack röh-ren, bet Jehann upslaten hett.

Do markt de true Jehann, dat lett sik nich mehr än-nern, un he söcht mit sware Hart un vel Süüfzen ut de grote Bunk de passen Sloetel rut. As he de Dör up hett, geiht he toerst rin, he denkt, he will dat Bild gau todecken, dat de König dat nich vör em to sehn kriggt. Man dat nützt em nix, de König stellt sik up'e Tehnspitzen un kickt em oever de Schuller. Un as he dat Bild vun de Deern to sehn kriggt, wat so fein is un glinstert vun Gold un Eddelsteens, do beswiemt he un fallt um. De true Jehann kriggt em hooch un driggt em na sin Bett un denkt vull Sorg, nu is dat Unglück passeert, wat schall dar woll noch bi rutsuern? Un denn gifft he em wat Wien in, un do kümmt he wedder to sik. Dat eerste, wat he seggt, is: „Och, wokeen is dat up dat dare smucke Bild?" Dat is de Königsdochter vun't gollne Dack, seggt de true Jehann. Do seggt de König, sin Leev to ehr is so groot, wenn all de Bläder an de Böme Tungen weern, denn so kunnen se dat nich seggen. He will dar sin Leven an setten un kriegen ehr, un de true Jehann schall em darbi helpen.

De true Deener oeverleggt lang', wodennig se de Saak anfaten schoe'n, denn dat is al swaar nugg un kamen de Königsdochter man blots vör Ogen. Toletzt fallt em wat in, un he seggt to de König, allens, wat de Prinzessin um sik hett, is ut Gold, Dischen, Stöhl, Schötteln, Bekers, Fatten un de heele Huustand. In de König sin Kellern liggen fiev Tunnen Gold, seggt he, dar schall he een vun an'e Goldsmidten geven, dat de dar allerlei Fatten un Geschirr, allerhand Vageln un wille un wunnerliche Deerten vun maken, dat ward ehr gefallen, un denn woe'n se darmit henfahren na ehr un se's Glück versöken. Do lett de König all de Goldsmidten ranhalen, un de moeten Dag un Nacht arbeiden, bet se toletzt de feinste Saken ferdig hebben. Denn ward dat allens up en Schipp laden, un de true Jehann treckt sik Koopmannstüüg an, un de König mutt dat uck, dat se keeneen kennen kann. Denn seilen se oever See so lang', bet se na de Stadt kamen, 'nem de Königsdochter vun't gollne Dack wahnen deit.

De true Jehann seggt to de König, he schall man up't Schipp blieven un up em töven. Vellicht, seggt he, vellicht bringt he de Königsdochter mit, darum schall he dar för sorgen, dat allens t'recht is, he schall de Goldsaken upstellen un dat heele Schipp rutputzen laten. Denn söcht he sik allerhand Goldsaken tohopen un nimmt de in sin Schört, un dar geiht he mit an Land un liek hen na dat Königsslott. As he in'e Slottshoff kümmt, steiht dar en smucke Deern an'e Soot, de haalt Water in twee gollne Ammern. Un as se dat Water wegdrägen will un sik umdreiht, do ward se de frömde Mann wies un fraagt, wokeen he is. Do seggt he, he is en Koopmann, un maakt sin Schört up un lett ehr dar rinkieken. O, röppt se, wat för'n feine Goldkraam, un sett de Ammern dal un kickt sik dat allens an. Denn seggt se, dat mutt de Königsdochter sehn, de freut sik sodennig to Goldsaken, de köfft em dat allens af. Se nimmt em bi de Hand un bringt em rup, denn dat is de Kamerdeern. As de Königsdochter de Waar to sehn kriggt, do is se ganz weg un seggt, dat is all so fein maakt, se will em dat allens afkopen. Man de true Jehann seggt, he is ja man de Deener vun en rieke Koopmann. Wat he dar hett, dat is noch gar nix gegen dat, wat sin Herr up sin Schipp stahn hett, denn dat is dat feinste un kostbarste, wat jichens ut Gold maakt wurrn is. Do will se dat allens rupbröcht hebben, man he seggt, dat is so vel, dat duert en paar Daag, un so vel Platz, as dar för nödig is, hett se gar nich in ehr Huus. Do ward se eerst recht nieschierig, un toletzt seggt se, he schall ehr na dat Schipp henbringen, se will sülven hen un kieken sin Herr sin Saken an.

Do bringt de true Jehann ehr hen na dat Schipp un is heel vergnöögt, un as de König ehr to sehn kriggt, do süht he, se is noch vel smucker, as se up dat Bild to seh'n is, un em will meist dat Hart bassen. Denn geiht se an Boord, un de König geiht rin mit ehr. Man de true Jehann blifft bi de Stüermann un lett lossmieten. Se schoe'n all Seils hoochtrecken, dat dat Schipp fleegen ward as en Vagel in'e Luft, seggt he. Wieldes wiest de König ehr binnen dat gollne Geschirr, Stück bi Stück, de Schötteln, Bekers, Nappen, de Vageln, de wille un wunnerliche Deerten. Dat duert Stunnen un kieken dat allens an, un in ehr Freud ward se gar nich wies, dat dat Schipp fahren deit. As se dat letzte Stück bekeken hett, seggt se de Koopmann velen Dank un will na Huus, man as se an'e Reeling kümmt, do süht se, se sünd wied af vun't Land up hoge See un jaagen vör vulle Seils. Do verfehrt se sik un röppt, och, se hebben ehr oeverdüvelt, se is roovt un in'e Gewalt vun en Koopmann kamen. Denn will se leever starven. Man de König faat't ehr bi de Hand un seggt, he is keen Koopmann, he is en König un nich vun ringere Stand as se sülven. Un dat he ehr mit List roovt hett, dat is blots ut oevergrote Leev passeert. Un he vertellt ehr, as he to'n eersten Mal ehr Bild sehn hett, do is he beswiemt un is umfullen. As de Königsdochter vun't gollne Dack dat hört, do beruhigt se sik, un se mag em uck lieden, un se will geern sin Fruu warrn.

Wieldes se nu sodennig oever de hoge See seilen, sitt de true Jehann up't Vörschipp un maakt Musik. Do süht he in de Luft dree Raven anflagen kamen. He hollt foorts up mit Spelen un luustert, wat se mit'nanner snacken, denn he kann dat verstahn. De eene röppt: „Kiek, dar haalt he de Königsdochter vun't gollne Dack na Huus." – „Ja", seggt de tweete, „man he hett ehr noch nich." Seggt de drütte: „He hett ehr doch, se sitt ja bi em in't Schipp." Do wedder de eerste, de röppt: „Dat helpt em gar nix. Wenn se an Land kamen, denn kümmt se en vossrode Perd in'e Mööt, un dar will he sik denn rupsetten, un deit he dat, denn jaagt dat mit em af un rin in'e Luft, un denn süht he sin Deern nie nich wedder." – „Helpt dar denn nix gegen?" fraagt de tweete. „O doch, wenn anners een gau upsitten deit un nimmt de Flint, de dar an'e Sadel hängt, un schütt dar dat Perd mit doot, denn is de junge König rett't. Man wokeen weet dat? Un de dat weet un vertellt em dat, de ward to Steen vun'e Tehns bet an'e Knee." Do seggt de tweete, se weet noch mehr. Wenn dat Perd uck dootmaakt ward, denn behollt de junge König sin Bruut doch nich. Wenn se tosamen in't Slott rinkamen, denn so liggt dar up en Schöttel en ferdige Hochtiedshemd, dat süht ut, as weer dat vun Gold un Sülver wevt, man dat is nix as Pick un Swevel, un treckt he dat an, denn so verbrennt em dat bet up'e Knaken. „Helpt dar denn nix gegen?" fraagt de drütte. „O ja", seggt de tweete, „wenn een dat Hemd mit Hännschen faatkriggt un smitt dat in't Füer un verbrennt dat, denn so is de junge König rett't. Man wat helpt dat? De dat weet un seggt em dat, de ward dat halve Liev to Steen, vun't Knee bet an't Hart." Do seggt de drütte, se weet noch mehr. Wenn dat Hochtiedshemd uck verbrennt ward, denn hett de junge König sin Bruut liekers noch nich. Wenn naher dat Danzen losgeiht un de junge Königin danzt, denn ward se mitmal blass un fallt um as doot. Denn mutt ehr een upböhren un ehr ut de rechte Bost dree Drüppen Bloot sugen un wedder utspütten, anners blifft se doot. Man weet dat een un verraad't dat, denn ward he heel un deel ut Steen, vun baven bet nedden. As de Raven dat besnackt hebben, fleegen se wieder, un de true Jehann hett allens fein verstahn. Man vun de Tied an is he still un trurig. Behollt he dat vör sik, wat he hört hett, denn so ward sin Herr unglücklich; vertellt he em dat, denn so kost't em dat sülven sin Leven. Man toletzt seggt he to sik, sin Herr will he retten, un wenn he dar sülven uck sin Leven bi tosett.

As se nu an Land kamen, do kümmt dat jüst so, as de Raav dat seggt hett, un dar kümmt en feine vossrode Perd angaloppeert. Fein, seggt de König, dat schall em na sin Slott drägen, un he will upsitten. Man de true Jehann is fixer, springt gau in'e Sadel, kriggt sik de Flint un schütt dat Perd dal. Do ropen de König sin anner Deeners – de koenen de true Jehann nich utstahn – dat is ja en Sünn un Schann un maken dat feine Deert doot, wat doch de König na sin Slott drägen schull. Man de König seggt, se schoe'n still swiegen un em in Ruh laten, dat is sin trueste Jehann, un wokeen weet, 'nem dat guut för is!

Denn gahn se rin in't Slott, un dar steiht in'e Saal en Schöttel, un dar liggt dat ferdige Hochtiedshemd up un süht jüst so ut, as weer dat vun Gold un Sülver. De junge König geiht hen un will dat faat nehmen, man de true Jehann schüfft em bisiet, grapst sik dat mit Hännschen an, driggt dat na de Füerstä' un lett dat upbrennen. De anner Deeners fangen wedder an un quesen un seggen: „Kiek, nu verbrennt he sogar de König sin Hochtiedshemd." Man de junge König seggt: „Wokeen weet, 'nem dat guut för is, laat em in Ruh, dat is min trueste Jehann."

34

Denn ward Hochtied fiert, un dat Danzen geiht los, un de Bruut is dar ja uck mit bi. Do passt de true Jehann nipp up un kickt ehr in't Gesicht. Upmal ward se blass un fallt um as doot. Do he gau hen, böhrt ehr up un driggt ehr in en Kamer; dar leggt he ehr dal, geiht in'e Kneen un suugt ehr dree Blootdrüppen ut de rechte Bost un spütt't se wedder ut. Do haalt se wedder Aten un kümmt sik wedder, man de junge König hett dat mit ansehn un weet ja nich, warum de true Jehann dat daan hett, un do ward he dull in'e Kopp un röppt, se schoe'n em in't Kaschott smieten.

De neegste Morrn ward de true Jehann denn verordeelt un na de Galgen bröcht, un as he baven steiht un schall uphängt warrn, seggt he, elkeen, de starven schall, dörv ja vörher nochmal wat seggen, um he dat Recht uck hebben schall. Ja, dat gesteiht de König em to. Do seggt de true Jehann, he is to Unrecht verordeelt wurrn, un he is de König ümmer truu we'n, un he vertellt, wodennig he up See mit anhört hett, wat de Raven snackt hebben, un wodennig he dat allens hett doon musst för un retten sin Herr. Do röppt de König: „O, min trueste Jehann, Gnaad! Haal em dal!" Man bi dat letzte Woort, wat he seggt hett, do is de true Jehann al dalfullen un is to Steen wurrn.

Dar sünd de König un de Königin nu bannig trurig oever, un de König seggt: „Och wo leeg heff ik em sin grote Truu lohnt!" Un he lett dat Steenbild upböhren un in sin Slaapkamer blangen sin Bett stellen. Un ümmer, wenn he dat ankickt, kamen em de Tranen, un he seggt: „Wenn ik di doch wedder lebennig maken kunn, min trueste Jehann!"

Dar vergeiht en Tied, un de Königin kriggt Twillings, twee Jungs, de wassen ran un maken ehr vel Freud. Mal is de Königin in'e Kirch un de beide Kinner sitten bi se's Vadder un spelen, do kickt de wedder vull Truer dat Steenbild an, süüfzt un seggt: „Och, wenn ik di doch wedder lebennig maken kunn, min trueste Jehann!" Do fangt de Steen mitmal an un snackt un seggt, he kann em wedder lebennig maken, wenn he dat Leevste, wat he hett, dar an wennen will. Do röppt de König, allens, wat he up de Welt hett, will he för em geven. Do seggt de Steen, wenn he mit eegen Hand sin beide Kinner de Kopp afhaut un de Steen mit se's Bloot insmert, denn ward he wedder lebennig. De König verfehrt sik, as he hört, he schall sülven sin leve Kinner dootmaken, man denn denkt he an de grote Truu un dat de true Jehann för em storven is. He kriggt sin Swert rut un haut mit eegen Hand sin Kinner de Kopp af. Un as he mit se's Bloot de Steen insmert hett, do kümmt dat Leven wedder, un de true Jehann steiht frisch un gesund vör em. He seggt to de König, sin Truu schall nich vergevs we'n, un he kriggt de Kinner se's Köppe faat, sett se up un smert de Wunn in mit se's Bloot. Do warrn se foorts wedder heel, springen rum un spelen, as wenn nix passeert weer.

Nu is de König ja vull Freud, un as he süht, de Königin kümmt, do verstickt he de true Jehann un de beide Kinner in en grote Schapp. As se rinkümmt, fraagt he, um se bed't hett in'e Kirch. Ja, seggt se, man se hett ümmerto an de true Jehann denken musst, dat he dörch se so unglücklich wurrn is. Do seggt he, se koenen em dat Leven wedder geven, man dat kost't se se's beide Soehns, de moeten se dar hergeven för. Do ward de Königin blass un verfehrt sik deep in't Hart, man se seggt, se sünd em dat schüllig darum, dat he so truu we'n is. Do freut he sik, dat se jüst so denken deit as he, un he geiht hen un slütt dat Schapp up un haalt de Kinner un de true Jehann dar rut. Gottloff, seggt he, he is erlöst, un se's Kinner hebben se uck wedder. Un denn vertellt he ehr, wodennig dat allens vör sik gahn is. Un denn hebben se tohopen in Glück un Freden levt bet an se's Enne.

Lütt Broder un lütt Süster

Dar is mal en Jung we'n un sin Süster, de se's Mudder is doot we'n, un sörre de Tied hebben se keen gude Stunn mehr hatt. Se's Steefmudder, de hett se elkeen Dag haut, un wenn se na ehr henkamen sünd, denn hett se se wegstött mit'e Foot. To eten hebben se blots de harde Brootkösten kregen, de oever we'n sünd, un de Hund ünner de Disch hett dat beter gahn as se, de hett doch af un to en gude Brock hensmeten kregen. Un een Dag seggt lütt Broder, se woe'n man mit'nanner in'e wiede Welt gahn. Do gahn se de ganze Dag oever Wischen, Feller un Steens, un wenn dat regent, seggt lütt Süster, de leeve Gott un se's Harten weenen mit'nanner. Hen to Avend kamen se in en grote Holt togang', un do sünd se vun se's Jammer, vun Hunger un vun'e lange Weg so möö', se setten sik in en holle Boom un slapen in.

As se de neegste Morrn waak warrn, do steiht de Sünn al hooch an'e Heven un schient in'e Boom rin. Do seggt lütt Broder, he hett Dörst, wenn he en Born weeten dä, denn so wull he hengahn un mal drinken, un em dücht, he hört een ploetern. Un do steiht he up, nimmt lütt Süster bi de Hand, un se woe'n de dare Born söken. Man se's leege Steefmudder, dat is en Hex, un de is dat wieswurrn, as de beide Kinner weggahn sünd, un do is se se achternasleken, heemlich, so as de Hexen sliekern doon, un se hett all de Borns in dat Holt verhext. As se nu en Born finnen, de dar oever de Steens blenkert, do will lütt Broder darvun drinken. Man lütt Süster hört en Stimm in dat Ploetern: „De vun mi drinken deit, de ward to en Tiger. De vun mi drinken deit, de ward to en Tiger." Do röppt se em to, he schall nich drinken, anners ward he to en wille Deert un ritt ehr in Stücken. Do drinkt lütt Broder nich, liekers he bannig dörstig is, un will töven, bet se na de neegste Born kamen. As se na de tweete Born kamen, do hört lütt Süster, de snackt uck un seggt: „De vun mi drinken deit, de ward to en Wulf. De vun mi drinken deit, de ward to en Wulf." Do röppt lütt Süster, he schall nich drinken, anners ward he to en Wulf un fritt ehr up." Do drinkt lütt Broder nich un seggt, he will bet to de neegste Born töven, man denn mutt he drinken, een-doont, wat se seggen mag, he is doch to un to dörstig. Un as se an'e drütte Born kamen, do hört lütt Süster en Stimm in't Ploetern, de seggt: „De vun mi drinken deit, de ward to en Reh. De vun mi drinken deit, de ward to en Reh." Do seggt lütt Süster wedder, he schall doch nich drinken, anners ward he to en Reh un löppt ehr weg. Man lütt Broder hett sik foorts bi de Born dalböögt un vun dat Water drunken, un as he de eerste Drüppen up'e Lippen kregen hett, do liggt he dar as en lütte Rehkalv.

Do ward lütt Süster weenen um ehr stackels verwünschte Broder, un dat Reh weent uck un sitt so trurig blangen ehr. Do seggt de Deern toletzt, dat lütte Reh schall man still we'n, se will dat nie nich verlaten. Un denn nimmt se ehr gollne Strumpband af un binnt et dat Reh um'e Hals, un se rappt wecke Beesen af un maakt dar en weeke Reep vun. Dar binnt se dat lütte Deert an fast un geiht wieder mit 'n, un geiht ümmer deeper rin in't Holt. Se sünd en lange, lange Tied gahn, do kamen se toletzt an en lütte Kaat, un de Deern kickt dar rin, un do is 'n leddig, un do denkt se, dar koenen se blieven un wahnen. Do söcht se Bläder un Moss to en weeke Lager för dat Reh, un elkeen Morrn geiht se los un sammelt sik Wuddeln un Ber'n un Noet, un för dat Reh bringt se frische Gras mit, un dat fritt ehr ut'e Hand, is vergnöögt un spelt bi ehr rum. To Nacht, wenn lütt Süster möö' is un hett to Nacht bed't, denn leggt se ehr Kopp bi dat Reh up'e Rügg, dat is denn ehr Küssen, un dar slöppt se sachten up in. Un wenn lütt Broder man en Minsch we'n weer, denn weer dat en feine Leven we'n.

Sodennig sünd se en ganze Tied alleen in'e Wildnis. Man denn kümmt dat mal, dat de König vun't Land in dat dare Holt en grote Jagd afholen deit. Do hört een dat Blasen vun de Hoorns, dat Bellen vun'e Hünne un dat Bölken vun Jägers mang de Böme dör, un dat lütte Reh hört dat uck un will dar to un to geern bi we'n. Och, seggt dat to lütt Süster, se schall dat doch rutlaten na de Jagd, dat kann't gar nich mehr utholen, un dat dibbert un pranselt so lang, bet se „Ja" seggt. Man dat schall jo to Avend wedderkamen. Se will vör de wille Jägers ehr Dör tosluten. Un darmit se em uck kennen deit, schall he ankloppen un seggen: „Lütt Süster, laat mi in." Un wenn he dat nich seggen deit, denn so maakt se de Dör nich up. Nu springt dat lütte Reh denn rut, un dat föhlt sik so fein un is so lustig in'e frie Luft. De König un sin Jägers warrn dat feine Deert wies un gahn dar achter ran, man se kriegen et nich faat, un wenn se meenen, nu hebben se dat wiss, denn springt et oever de Büsche un is weg. As dat düüster warrn will, löppt et na de lütte Kaat, kloppt an un seggt: „Lütt Süster, laat mi in!" Do ward de Dör upmaakt, et springt rin un liggt de heele Nacht up sin weeke Lager.

De neegste Morrn geiht de Jagd vun frischen los, un as dat lütte Reh wedder dat Jagdhoorn hört un dat „Ho, ho!" vun'e Jägers, do hett et keen Ruh un seggt, lütt Süster schall de Dör upmaken, et mutt na buten. Lütt Süster maakt de Dör up un seggt, to Avend mutt et wedder dar we'n un sin Sproek seggen. As de König un sin Jägers dat lütte Reh mit dat gollne Halsband wedder wies warrn, do jagen se dar all achter ran, man dat is se to gau un to flink. Dat geiht de heele Dag, man to Avend hebben de Jägers dat upletzt in'e Kniep, un een vun se verwunnt et en beten an'e Foot, un et mutt lahmen un löppt man langsam weg. Do sliekert sik een vun de Jägers achterran bet na de lütte Kaat un hört, dat röppt: „Lütt Süster, laat mi in!", un he süht, de Dör ward upmaakt un denn wedder tomaakt. De Jäger markt sik dat un geiht hen na de König un vertellt em, wat he sehn un hört hett. Do seggt de König, de neegste Dag schall nochmal jaagt warrn.

Lütt Süster verfehrt sik ja gewaltig, as se wies ward, ehr lütte Rehkalv is verwunnt. Se wascht em dat Bloot af, leggt dar Krüder up un seggt, et schall sik man dalleggen, darmit dat wedder heel ward. Man de Wunn is so minn, de neegste Morrn markt dat lütte Reh dar al nix mehr vun. Un as et buten wedder de Jagdlarm hört, do seggt et, et kann't nich utholen, et mutt darbi we'n, un so gau schall dat keeneen faat kriegen. Do ward lütt Süster weenen un seggt, nu warrn se dat dootmaken, un denn is se dar alleen in't Holt un vun alle Welt verlaten. Se lett et nich rut. Denn blifft et dar doot vör Kummer, seggt dat lütte Reh, wenn 't dat Hoorn hören deit, denn meent et, et mutt ut'e Schoh springen. Do kann lütt Süster nich anners, se maakt mit sware Hart de Dör up, un dat Reh springt munter un lustig rut in't Holt. As de König dat wies ward, seggt he to sin Jägers, se schoe'n dar de ganze Dag bet hen to Nacht achter ran jagen, man se schoe'n et jo nix doon. So draa as de Sünn ünnergahn is, seggt de König to sin Jäger, he schall em de lütte Kaat wiesen. Un as he vör de Dör steiht, kloppt he an un röppt: „Lütt Süster, laat mi in!" Do geiht de Dör up, un de König geiht rin, un do steiht dar en Deern, so smuck hett he noch keen sehn. De Deern verfehrt sik ja, as se süht, dar kümmt nich dat lütte Reh rin, man en Keerl mit en gollne Kroon up'e Kopp. Man de König kickt ehr fründlich an, gifft ehr de Hand un fraagt ehr, um se will mit em up sin Slott gahn un will sin leeve Fruu warrn. Ja, seggt se, man dat lütte Reh mutt mit, dat lett se nich alleen. Do seggt de König, dat schall bi ehr blieven so lang', as se leven deit, un et schall nix fehlen. Wieldes kümmt et rinsprungen, un lütt Süster binnt et wedder an sin Beesenreep, nimmt dat sülven in'e Hand un geiht dar weg mit ut'e Holtkaat.

De König nimmt de smucke Deern up sin Perd un bringt ehr na sin Slott, 'nem denn de Hochtied mit grote Stahoi[1] fiert ward, un do is se Fru Königin, un se leven lang' vergnöögt tohoopen. Un dat lütte Reh ward hegt un plegt un hoppt in'e Slottsgaarn rum. De leege Steefmudder, wegen de de Kinner in'e Welt gahn sünd, de meent ja, lütt Süster is vun de wille Deerten in't Holt toreten un lütt Broder as Rehkalv vun'e Jägers dootschaten. As de nu to hören kriggt, se sünd so glücklich un dat geiht se so guut, do roegt sik de Afgunst in ehr Hart un lett ehr keen Ruh, un se denkt dar blots noch an, wodennig se de beiden doch noch kann in't Unglück bringen. Ehr rechte Dochter, de is morsgrimmig un hett man een Oog, de

---

[1] Stahoi = Aufsehen, Aufstand (dän. ståhej)

schimpt up ehr un seggt, Königin warrn, dat weer eegentlich ehr tokamen. Man de Oolsch seggt, se schall man still swiegen, wenn't Tied is, denn will se al bi de Hand we'n. As dat nu so wied is un de Königin liggt mit en smucke lütte Jung in't Wuchenbett un de König is jüst up'e Jagd, do nimmt de ole Hex de Gestalt vun de Kamerfruu an un geiht in'e Stuuv, 'nem de Königin liggen deit. Se seggt to de Kranke, dat Bad is t'recht, dat ward ehr guutdoon un frische Knoev geven, se schall man gau tomaken, ehrer dat koolt ward. Ehr Dochter is uck bi de Hand, un do drägen se de flaue Königin in'e Baadstuuv un leggen ehr in'e Wann. Denn sluten se de Dör to un lopen weg. Man in'e Baadstuuv hebben se richtig so'n Höllenfüer inbött, un do duert dat nich lang', un de junge Königin is stickt.

As se dat t'rechtkregen hebben, do nimmt de Oolsch ehr Dochter, sett ehr en Huuv up un leggt ehr in't Bett an de Königin ehr Stä'. Se gifft ehr uck de Königin ehr Utsehn, blots dat Oog, wat ehr fehlen deit, dat kann se ehr nich weddergeven. Un darmit de König dat nich markt, mutt se sik up de Siet leggen, 'nem se keen Oog hett. As he to Avend na Huus kümmt un hört, sin Fruu hett en lütte Jung kregen, do freut he sik un will an sin leeve Fruu ehr Bett un kieken, wo ehr dat geiht. Do röppt de Oolsch gau, he schall jo de Vörhäng dicht laten, de Königin dörv noch nich in't Licht kieken un mutt Ruh hebben. Do geiht de König torügg un weet nich, dat dar en verkehrte Königin in't Bett liggt.

Man um Middernacht, as se all slapen, do süht de Kinnerfruu – de sitt in'e Kinnerstuuv blangen de Weeg un is alleen noch waak – do süht se, wo de Dör upgeiht un de rechte Königin rinkümmt. Se nimmt dat Kind ut'e Weeg, leggt dat in ehr Arm un gifft dat de Bost. Denn schüddelt se dat Küssen up, leggt dat Kind wedder rin un deckt dat mit de Bettdek to. Man se vergitt uck dat lütte Reh nich, geiht in'e Eck, 'nem et liggen deit, un eit et oever de Rüch. Denn geiht se stillswiegens wedder ut'e Dör, un de Kinnerfruu fraagt de neegste Morrn de Wächters, um dar bi Nacht een in't Slott kamen is. Nee, seggen se, se hebben nümms sehn. Sodennig kümmt de Königin vele Nachten un seggt nie nich een Woort. De Kinnerfruu süht ehr ümmer, man se truut sik nich un seggen dar wat vun.

As sodennig en Tied vergahn is, do ward de Königin bi Nacht snacken un seggt:
> „Wat maakt min Kind? Wat maakt min Reh?
> Nu kaam ik noch tweemal un denn nümmermehr."

De Kinnerfruu seggt nix, man as se wedder weg is, do geiht se hen na de König un vertellt em allens. Do seggt de König: „Wat is dat! Neegste Nacht will ik sülven bi dat Kind waken." To Avend geiht he in'e Kinnerstuuv, un um Middernacht kümmt de Königin wedder un seggt:
> „Wat maakt min Kind? Wat maakt min Reh?
> Nu kaam ik noch eenmal un denn nümmermehr."

Un denn passt se dat Kind, as se ümmer deit, ehrer se verswinnt. De König truut sik nich un seggen wat to ehr, man he waakt uck de neegste Nacht. Do seggt se wedder:
> „Wat maakt min Kind? Wat maakt min Reh?
> Nu kaam ik noch dütmal un denn nümmermehr."

Do kann de König sik nich mehr holen, he springt na ehr hen un seggt, se kann keen anner we'n as sin leeve Fruu. Do seggt se, ja, se is sin leeve Fruu, un in desülve Momang hett se dör Gott sin Gnaad dat Leven wedder un is frisch, root un rasch. Un denn vertellt se de König, wat de leege Hex un ehr Dochter ehr andaan hebben. Do lett de König se beid vör Gericht stellen un se warrn verordeelt. De Dochter ward in't Holt bröcht, un dar ward se vun'e wille Deerten toreten. Man de Hex ward in't Füer smeten un mutt elennig brennen. Un as se to Asch verbrennt is, do ward dat Rehkalv wedder to en Minsch. Un denn hebben lütt Süster un lütt Broder glücklich tohopen levt bet an't Enne vun se's Leven.

Petersilli

Dar is mal en Mann we'n un en Fruu, de hebben sik al lang' en Kind wünscht hatt, un nie nich hebben se een kregen. Man upletzt kümmt de Fruu doch in anner Umstänne. In se's Achterhuus hebben de Lüüd en lütte Finster, vun dar koenen se in en prachtvulle Gaarn kieken, de is vull mit de feinste Blöme un Krüder. Man dar is en hoge Muer buten um, un keeneen waagt dat un gahn dar rin, denn de dare Gaarn hört en Töversche, de hett grote Macht, un all sünd se bang' vör ehr. Mal steiht de Fruu an dat dare Finster un kickt dal in'e Gaarn, un do süht se en Bett mit de feinste Petersill, un de süht so frisch un gröön ut, dat se richtig so'n Jieper kriggt up de dare Petersill. Ehr Verlangen ward vun Dag to Dag grötter, man se weet ja, se kann dar nix vun kriegen, un do fallt se heel un deel vun't Fleesch un süht bleek un elend ut.

Ehr Mann kriggt dat toletzt mit'e Angst un fraagt, wonem dat vun kamen deit. Och, seggt se, wenn se nich vun de Petersill ut'e Gaarn achter se's Huus to eten kriggt, denn so mutt se dootblieven. De Mann hett ehr bannig leev, un do denkt he, dat mag kosten, wat dat will, he will ehr doch wat halen. Un do klarrt he een Avend oever de Muer un plöckt gau en Hand vull Petersill af un bringt sin Fruu de hen. De maakt sik dar foorts oever her un itt 'n up mit Rump un Stump. Man dat hett ehr so fein smeckt, de neegste Dag hett se dar noch dreemal so'n grote Jieper up. De Mann süht, dat gifft keen Ruh, un do klarrt he nochmal roever in'e Gaarn, man he verjaagt sik gewaltig, as de Töversche upmal vör em steiht un em düchtig utschimpt, dat he dat wagen deit un kamen in ehr Gaarn to klau'n. He entschülligt sik so guut, as't geiht, un verklaart ehr, sin Fruu schall en Kind hebben, un denn is dat gefährlich un slaan ehr wat af. Toletzt seggt de Töversche, se will mal nich so we'n un em Verlööv geven un nehmen so vel Petersill mit, as he will – wenn he ehr naher dat Kind geven will, 'nem sin Fruu nu mit geiht. In sin Angst seggt de Mann ehr allens to, un as de Fruu in't Wuchenbett kümmt, do kümmt uck foorts de Töversche an, gifft de lütte Deern de Naam Petersilli un nimmt ehr mit.

De dare Petersilli ward de smuckste Deern ünner de Sünn. Man as se twölf Jahr oolt is, do sparrt de Töversche ehr in in en ganz, ganz hooge Toorn, de hett nich Dör un nich Trepp, blots ganz baven, dar is en lütte Finster. Wenn de Töversche nu rin will, denn steiht se nedden un röppt:

„Petersilli, Petersilli,
laat din Haar mi dal!"

Petersilli hett so'n feine, lange Haar, so fien as spunnen Gold. Wenn se nu de Töversche bölken hört, denn binnt se ehr Flechten los, wickelt se baven um en Finsterhaak, un denn fallt dat Haar twintig Elen deep dal, un de Töversche klarrt dar an tohööcht.

Na en paar Jahr kümmt mal de König sin Soehn dör't Holt reden un kümmt an de dare Toorn vörbi. Do hört he dar wat singen, so leevlich, he mutt rein stahn blieven un luustern. Dat is Petersilli, alleen as se is, verdrifft se sik de Tied darmit un laten ehr feine Stimm klingen. De Königssoehn will rup na ehr un söcht na en Dör in'e Toorn, man dar is ja keen. Do ritt he na Huus, man dat Singen is em sodennig an't Hart gahn, he geiht nu elkeen Dag rut in't Holt un hört sik dat an. Mal steiht he dar so achter en Boom, do süht he de Oolsch ankamen un hört ehr ropen:

„Petersilli, Petersilli,
laat din Haar mi dal!"

Do lett Petersilli ehr Haarflechten dal, un de Töversche klarrt na ehr rup. Na, denkt de Königssoehn, wenn dat de Lerring is, 'nem een mit rupkümmt, denn so will he doch uck mal sin Glück versöken. Un de neegste Dag, as dat schummern ward, geiht he hen na de Toorn un röppt:

„Petersilli, Petersilli,
laat din Haar mi dal!"

Foorts kamen de Haarflechten dalfullen, un de Königssoehn stiggt dar an tohööcht.

Eerst verfehrt Petersilli sik ja bannig, as dar en Mannsminsch na ehr rinkümmt, so een hett se noch nie nich sehn, man de Königssoehn snackt heel fründlich mit ehr un vertellt ehr, vun ehr Singen is sin Hart sodennig anroegt wurrn, dat hett em keen Ruh laten, he hett ehr sülven sehn musst. Do vergeiht Petersilli ehr Angst, un as he ehr fragen deit, um se will sin Fruu warrn, un se süht, he is jung un smuck, do denkt se, he ward ehr sachs leever hebben as de Oolsch, un seggt „Ja" un leggt ehr Hand in sin. Se seggt, se will geern mit em gahn, man se weet nich, wodennig se dalkamen schall. Wenn he henkümmt na ehr, seggt se, denn so schall he elkeen Mal en Strang Sied mitbringen, dar will se en Lerring vun knütten, un wenn de ferdig is, denn so klarrt se dar an dal un he nimmt ehr mit up sin Perd. Bet denn, maken se af, schall he elkeen Avend henkamen na ehr, denn bi Dag kümmt ja de Oolsch. De Töversche markt dar uck nix vun, bet Petersilli ehr mal fraagt, wo dat angahn kann, ehr Tüüg ward ehr so drang un will ehr nich mehr recht passen. Verdorig, röppt de Töversche do, se hett dacht, se hett ehr vun alle Welt scheedt, un nu hett de Deern ehr doch anscheten! Un in ehr dulle Kopp kriggt se Petersilli ehr smucke Haar faat, wickelt dat en paarmal um ehr linke Hand, grippt sik mit de rechte en Scher, un ritsch! ratsch! is dat afklippt, un de feine Flechten liggen up'e Del. Un se is so vergrellt, se bringt de stackels Petersilli foorts weg na en heel wööste Gegend, 'nem se in Jammer un Elend leven mutt.

Man desülve Dag, as se Petersilli rutsmeten hett, do maakt se to Avend de afklippte Flechten baven fast an'e Finsterhaak, un as de Königssoehn kümmt un röppt:

„Petersilli, Petersilli,
laat din Haar mi dal",

do smitt se dat Haar dal. De Königssoehn klarrt dar an rup, man dar baven finnt he nich sin leevste Petersilli, dar luert de Töversche un kickt em dull un giftig an. Na, röppt se höhnsch, he will sachs sin Fru Leevste halen, man de smucke Vagel sitt nich mehr in't Nest un singt nich mehr, de hett de Katt haalt, un de ward em uck noch de Ogen utklei'n. För em is Petersilli verlaren, seggt se, ehr kriggt he nie nich wedder to sehn. Do ward de Königssoehn heel mall vör Hartensweh, un vertwievelt as he is springt he dal vun'e Toorn. Sin Leven behollt he woll, denn he fallt liek in en Doornbusch, man de Doorns steken em de Ogen ut. Do biestert he blind in't Holt rum, itt nix as Wuddeln un Ber'n, un deit nix as jammern un blarrn, dat he sin Leevste verlaren hett. Sodennig wannert he en paar Jahr in't Elend rum, un upletzt kümmt he jüst na de dare wööste Gegend, 'nem Petersilli kümmerlich leven deit. Se hett wieldes Twillings kregen, en Jung un en Deern. Mitmal ward he en Stimm hören, un em dücht, de schull he kennen. He geiht dar up los, un as he neeger rankümmt, do ward Petersilli em wies. Se kennt em foorts wedder un fallt em um'e Hals un ward weenen. Bi dat fallen twee vun ehr Tranen up sin Ogen un maken de natt, un do warrn de wedder klaar, un he kann darmit jüst so guut kieken as vördem. He bringt ehr denn na sin Riek, 'nem all de Lüüd em mit Freuden willkamen heeten, un de beiden hebben denn noch lange Tied glücklich un vergnöögt tohopen levt.

Hansi un Greeten

An'e Kant vun en grote Holt hett mal en arme Holt-
hauer wahnt mit sin Fruu un sin beide Kinner. De
Jung hett Hansi heeten un de Deern Greeten. He
hett man wenig to bieten un to breken hatt, un mal
bi en grote Düertied kann he nichmal mehr dat däg-
liche Broot ranschaffen. As he sik nu to Avend in't
Bett Gedanken maakt un sik vör Sorgen rumwöltert,
do süüfzt he un seggt to sin Fruu, wat blots ut se
warrn schall un wodennig se se's stackels Kinner
nähren schoe'n, wo se för sik sülven nix mehr heb-
ben. Do seggt de Fruu, se woe'n se man de neegste
Dag fröhmorrns rutbringen in't Holt, 'nem de an
dicksten is. Dar woe'n se se en Füer anfengen un elk-
een vun se noch en Stück Broot geven. Denn woe'n se
an se's Arbeit gahn un se alleen laten. Denn finnen
se de Weg nich mehr na Huus, un se sünd se los.
Nee, seggt de Mann, dat deit he nich. Wodennig he
dat woll oever't Hart bringen schull un laten sin Kin-
ner in't Holt alleen, denn kamen bald de wille Deer-
ten un torieten se. He is en Doeskopp, seggt se, denn
so moeten se all veer verhungern, he kann man al bi-
gahn un hoeveln de Breder för de Kisten. Un se lett
em keen Ruh, bet he „Ja" seggt to ehr Vörslag. Man
de stackels Kinner doon em doch leed, seggt he.

De beide Kinner hebben vör Smacht uck nich insla-
pen kunnt, un do hebben se hört, wat se's Steefmud-
der to se's Vadder seggt hett. Greeten ward foorts
solte Tranen weenen un seggt to Hansi, nu is dat ut
mit se. Och, seggt Hansi, se schall sik dat man nich
so neeg nehmen, he will al Raat schaffen. Un as de
Olen inslapen sünd, do steiht he liesen up, treckt sin
Jack an, maakt sachten de Ünnerdör up un sliekert
rut. Do schient de Maand daghell, un de witte Flint-

steens vör't Huus glinstern, as weern dat luder nüe Gröschens. Hansi bückt sik dal un pramst dar so vel vun in sin Jackentasch, as dar man rin woe'n. Denn geiht he wedder rin un seggt to Greeten, se schall sik man keen Sorgen maken un ruhig inslapen, de leeve Gott ward se nich verlaten, un denn leggt he sik wedder to Bett.

As dat Dag warrn will, noch ehrer de Sünn upgeiht, kümmt de Oolsch al rin un weckt de beiden: „Stah up, I Fuuljacken, wi schoe'n to Holts un halen Brennholt." Denn gifft se elkeen vun se en lütte Stück Broot un seggt, dat is för to Middag, un se schoe'n dat man nich al vörher upeten, mehr gifft dat nich. Greeten nimmt dat Broot ünner ehr Schört, denn Hansi hett ja sin Taschen al vull Steens. Denn gahn se all tohopen to Holts. As se en Stück gahn sünd, blifft Hansi stahn un kickt torüch na se's Huus, un dat deit he ümmer un ümmer wedder. Do fraagt sin Vadder em, wat he dar to kieken hett, dat he ümmer t'rüggblieven deit, he schall man uppassen un sehn, dat he sin Beens mitkriggt. Och, seggt Hansi, he kickt man na sin lütte witte Katt, de sitt baven up't Dack un will em adjüs seggen. „Doeskopp", seggt de Oolsch, „dat is nich de Katt, dat is de Morrnsünn, de schient up'e Schosteen." Man Hansi hett ja uck gar nich na de Katt keken, he hett ümmer een vun de blanke Flintsteens up'e Weg smeten.

As se merrn in't Holt ankamen sünd, seggt de Vadder to de Kinner, se schoe'n Holt sammeln, he will en Füer anmaken, dat se nich freern warrn. Hansi un Greeten sammeln Sprock tohopen, en ganze Barg. Dat Sprock ward anfengt, un as dat Füer recht hooch brennen deit, seggt de Oolsch, se schoe'n sik man an't Füer leggen un sik utruhn, se un ehr Mann woe'n in't Holt gahn un Holt hauen. Un wenn se ferdig sünd, seggt se, denn kamen se wedder un halen se af.

Hansi un Greeten sitten an't Füer, un as dat Middag is, eten se se's lütte Brock Broot up. Se koenen de Slääg vun'e Äx hören, un do meenen se, se's Vadder is neeg bi. Man dat is gar nich de Äx, dat is en Telgen, de hett he an en dröge Boom bunnen, un de sleit vun'e Wind nu hen un her. Un as se dar sodennig lang' seten hebben, do warrn se möö', un de Ogen fallen se to, un se fallen in deepe Slaap. As se wedder waak warrn, do is dat al düüstere Nacht. Do ward Greeten blarrn, wodennig se nu woll ut dat Holt rutfinnen schoe'n, fraagt se. Man Hansi seggt, se schall man en beten töven, bet de Maand kümmt, de ward se de Weg al wiesen. Un as denn de Vullmaand hooch is, do nimmt Hansi sin lütte Süster bi de Hand un geiht ümmer de Flintsteens na, de glinstern as nüe Gröschens un wiesen se de Weg. Se gahn de heele Nacht hendör, un as dat Dag ward, kamen se wedder na se's Vadder sin Huus. Se kloppen an'e Dör, un as de Oolsch upmaakt un wies ward, dat sünd Hansi un Greeten, do ward se schimpen: „Verdreihte Gören, wat hebben I so lang' in't Holt slapen, wi hebben al dacht, I kamen gar nich mehr wedder!" Man de Vadder freut sik, em is dat doch an't Hart gahn, dat he se so alleen in't Holt laten hett.

Dat duert nich lang', do kickt de Noot se wedder ut all Ecken an, un de Kinner hören, de Oolsch seggt bi Nacht in't Bett to se's Vadder, dat is wedder allens vertehrt, se hebben man noch en halve Broot, denn is dat Leed utsungen. De Kinner moeten weg, seggt se, se woe'n se man noch deeper in't Holt rinbringen, denn finnen se de Weg nich wedder rut; anners is dar keen Hülp för se. De Mann geiht dat bannig an't Mager, he denkt, dat weer beter un deelen de letzte Brock mit sin Kinner. Man wat he uck seggt, de Oolsch hört dar nich na, se schimpt em ut un maakt em düchtig de Maag rein. Na, de „A" seggt, mutt uck „B" seggen, un hett he dat eerste Mal nageven, so mutt he dat nu uck dat tweete Mal.

Man de Kinner sünd noch waak we'n un hebben allens mit anhört. As de Olen inslapen sünd, steiht Hansi wedder up un will rut un Flintsteens upsammeln as dat letzte Mal, man de Oolsch hett de Dör toslaten, un do kann he nich rut. Man he trööstet sin Süster un seggt, se schall man nich weenen un ruhig slapen, de leeve Gott schall se sachs helpen.

Fröh an'e neegste Morrn kümmt de Oolsch un smitt de Kinner ut't Bett. Se kriegen se's lütte Brock Broot, dat is noch lütter as dat letzte Mal. Ünnerwegens to Holts bröckelt Hansi dat in'e Tasch twei, un he blifft faken stahn un smitt en Brock up'e Eerde. Wat he dar to stahn hett un to kieken, seggt sin Vadder, he schall togahn. Och, seggt Hansi, he kickt man na sin Duuv, de sitt baven up't Dack un will em adjüs seggen. „Doeskopp", seggt de Oolsch, „dat is nich din Duuv, dat is de Morrnsünn, de schient baven up'e Schosteen." Man Hansi smitt na un na all de Brockens up'e Weg.

De Oolsch bringt de Kinner nu noch deeper in't Holt rin, 'nem se se's Levdag nich we'n sünd. Dar ward wedder en grote Füer anfengt, un de Oolsch seggt, dar schoe'n se man sitten blieven, un wenn se möö' warrn, denn so koenen se ja man en beten slapen. Se un ehr Mann gahn to Holts un hau'n Brennholt, un to Avend, wenn se ferdig sünd, denn kamen se un halen se af. As dat Middag is, deelt Greeten ehr Broot mit Hansi – sin hett he ja up'e Weg streut. Denn slapen se in, un de Avend kümmt, man dar kümmt keeneen na de stackels Kinner. Se warrn eerst waak in'e düüstere Nacht, un Hansi trööst' sin Süster un seggt, se schall man afluern, bet de Maand kümmt, denn sehn se de Brootbrockens, de he utstreut hett, de wiesen se denn de Weg na Huus. As de Maand hooch is, maken se sik up'e Beens, man se finnen nich een Brock, denn de Vageln, de dar in't Holt un up't Feld rumfleegen, de hebben se all uppickt. Och, seggt Hansi, se warrn de Weg al finnen, man se finnen 'n nich. Se gahn de heele Nacht un noch en Dag vun Morrn bet Avend, man se kamen nich rut ut dat dare Holt, un se hebben so'n Smacht, denn se hebben anners nix as en paar Ber'n, de dar wassen. Un se sünd so möö', se's Beens woe'n se gar nich mehr drägen, un do leggen se sik dal ünner en Boom un slapen in.

Nu is dat al de drütte Morrn, sörre se vun se's Vadder sin Huus weggahn sünd. Se fangen wedder an un gahn, man se kamen blots ümmer deeper rin in't Holt, un wenn se nich bald Hülp kriegen, denn so moeten se sachs vergahn. As dat Middag is, sehn se en smucke, sneewitte Vagel up en Telgen sitten, de singt so fein, se blieven rein stahn un hören to. Un as 'n ferdig is, roegt 'n sin Flünken un flüggt vör se her, un se gahn achterran, un do kamen se an en Kaat, dar sett de Vagel sik up't Dack. Un as se ganz neeg rankamen, do sehn se, de Kaat is ut Broot buut un is deckt mit Kook, un de Finstern sünd vun witte Zucker. Dar woe'n se man bigahn, seggt Hansi, un sik düchtig satt eten. He will en Stück vun't Dack eten, un Greeten kann man vun't Finster eten, seggt

he, dat smeckt sööt. Hansi langt na baven un brickt
sik en beten vun't Dack af, he will mal probeern, wo-
dennig dat smecken deit, un Greeten stellt sik an'e
Finsterschiev un knabbert dar an. Do röppt dar ut'e
Stuuv en fiene Stimm:

"Knipper, knapper, knuus,
wokeen knabbert an min Huus?"

De Kinner antern:

"De Wind, de Wind,
de Heven sin Kind",

un denn eten se wieder un laten sik gar nich stören.
Hansi smeckt dat Dack fein, un he ritt sik en grote
Eck dal, un Greeten stött en heele runne Finster-
schiev ut, sett sik dal un lett sik de uck fein sme-
cken. Do geiht upmal de Dör, un en steenole Fruuns-
minsch kümmt rutkroepelt, de stütt' sik up en
Krückstock. Hansi un Greeten verfehrn sik so de-
gern, dat se fallen laten, wat se jüst in'e Hänne heb-
ben. Man de Oolsch wackelt mit'e Kopp un fraagt,
wokeen se dar denn henbröcht hett. Se schoe'n man
rinkamen, seggt se, un bi ehr blieven, dar passeert se
nix. Se kriggt se beide bi de Hand un bringt se na
ehr Kaat rin. Dar ward denn feine Eten updischt,
söte Melk un Pannkoken mit Kaneel un Zucker un
Appeln un Noet. Denn warrn twee feine Betten
t'rechtmaakt mit witte Betttüüg, un Hansi un Gree-
ten leggen sik dar rin un meenen, se sünd in'e Him-
mel. Aver de Oolsch, de hett ja man so fründlich
daan, denn in Wahrheit is se en leege Hex, de de
Kinner upluern deit, un de Brootkaat hett se blots
buut för un locken se ran. Wenn se een in'e Fingern
kriggt, denn so maakt se dat doot, kaakt et un fritt
et up, un dat is denn en Festdag för ehr. Hexen heb-
ben rode Ogen un koenen nich wied kieken, man se
hebben en fiene Näs, so as de Deerten, un se marken

dat, wenn Minschen rankamen. As Hansi un Greeten in ehr Neegde kamen sünd, do hett se veniensch lacht un hett höhnsch seggt: „De heff ik, de schoe'n mi nich wedder utkamen."

Fröhmorrns, ehrer de Kinner waak sünd, steiht de Hex al up, un as se de beiden so fein slapen süht mit se's rode Backen, do mummelt se vör sik hen, dat schall mal en feine Mahltied warrn. Denn kriggt se Hansi faat mit ehr verdröögte Hand un slept em rut na en lütte Stall, dar sparrt se em in achter Trallen. Un he mag bölken so dull, as he will, dat helpt em nich. Denn geiht se rin na Greeten, schüddelt ehr waak un röppt: „Stah up, Fuuljack, haal Water un kaak wat Feines för din Broder to eten, de sitt buten in'e Stall un schall fett warrn. Wenn he fett is, denn will ik em braden un upeten." Do ward Greeten ja ganz dull blarrn, man dat helpt nich, se mutt doon, wat de leege Hex verlangen is. Nu kriggt de stackels Hansi ümmer dat feinste Eten kaakt, man Greeten kriggt nix as Hoppkrabbenschell[1]. Elkeen Morrn kroepelt de Oolsch sik hen na de Stall un röppt: „Hansi, lang' din Finger rut, ik will föhlen, um du bald fett büst." Man Hansi, de langt ehr ümmer en lütte Knaak rut, un de Oolsch, de hett ja matte Ogen un kann nich recht kieken, un do meent se dat is Hansi sin Finger, un se wunnert sik, he will un will nich fett warrn.

As denn veer Wuchen rum sünd, un Hansi is ümmer noch so mager, do langt ehr dat, un se will nich mehr töven. „Höh, Greeten", röppt se na de Deern, „seh to un haal Water! Hansi mag fett we'n oder mager, morrn will ik em slachten un kaken." Och, wat jam-

---

[1] Hoppkrabb = kleine Krabbe, Garnele

mert de stackels Deern, as se dat Water drägen mutt, un wat lopen ehr de Tranen de Backen dal! „Leeve Gott, help uns doch!" röppt se. „Harrn uns doch man de wille Deerten in't Holt upfreten, denn so weern wi doch mit'nanner dootbleven." Se schall sik dat Blarrn man sparen, seggt de Oolsch, dat helpt ehr allens nix.

Fröhmorrns mutt Greeten rut, de Ketel mit Water uphängen un Füer anfengen. Eerst woe'n se backen, seggt de Oolsch, se hett de Backaben al anbött un de Deeg kned't. Se jaagt stackels Greeten rut an'e Back-aben, 'nem de Flammen al rutslaan. Se schall mal rinkrupen, seggt de Hex, un nakieken, um dar is recht inbött, dat se dat Broot rinschuven koenen. Wenn Greeten binnen is, hett se sik dacht, denn so will se de Aben tomaken, un Greeten schall dar in braden, un denn will se ehr uck upfreten. Man Gree-ten markt, wat se in'e Sinn hett, un do seggt se to de Hex, se weet nich, wodennig se dat maken schall, wodennig se dar rinkümmt. Se is en dumme Goos, seggt de Oolsch, dat Lock is doch groot nugg, dar passt se ja sülven rin. Un se krabbelt ran un stickt de Kopp in'e Backaben. Do gifft Greeten ehr en Schubbs, dat se wied rinrutschen deit, maakt gau de ieserne Dör dicht un schottet to. Hu! do ward de Oolsch hulen, ganz gresig; man Greeten löppt weg, un de verdreihte Hex mutt elennig brennen. Un Greeten löppt stracks hen na Hansi, maakt sin Stall up un röppt, se sünd erlöst, de ole Hex is doot. Do kümmt Hansi rutsprungen as en Vagel ut't Buer, wenn de Dör upmaakt ward. Wat freuen se sik, se fallen sik um'e Hals, danzen rum un geven sik een Söten na de anner. Denn gahn se rin in'e Hex ehr Huus, nu bruken se ja nich mehr bang' we'n, un do stahn dar in all de Ecken Kastens mit Parlen un Eddelsteens. De sünd doch beter as Flintsteens, seggt Hansi un pramst sin Taschen vull, all wat rin will, un Greeten seggt, se will uck wat mit na Huus bringen, un maakt ehr Schört vull. Man nu woe'n se afste', seggt Hansi, dat se ut dat dare Hexenholt rutkamen.

Man as se en paar Stunnen gahn sünd, do kamen se an en grote Water. Dar koenen se nich roever, seggt Hansi, he süht keen Stegg un keen Brüch. Dar fahrt uck keen Schipp, seggt Greeten, man dar swümmt ja en witte Ent, wenn se de fragen deit, denn so helpt de se sachs roever. Un do röppt se:

„Lütt Ent, lütt Ent,
hier stahn Greeten un Hansi.
Keen Stegg un keen Brügg,
nimm uns up din witte Rügg."

De Ent kümmt uck richtig ran, un Hansi sett sik rup un seggt, sin Süster schall sik man bi em dalsetten. Nee, seggt Greeten, dat ward de Ent to swaar, de schall se man een na de anner roeverbringen. Dat deit 'n denn uck, un as se glücklich güntsiet sünd un sünd en Stück gahn, do dücht se, se warrn dat Holt ümmer beter un beter kennen, un upletzt sehn se vun wieden se's Vadder sin Huus. Do fangen se an un lopen un störten liek in'e Stuuv rin un fallen se's Vadder um'e Hals. De Mann hett nich een vergnöögte Stunn hatt, sörre he de Kinner in't Holt laten hett, man de Oolsch, de is dootbleven. Nu schüddelt Greeten ehr Schört ut, dat de Parlen un Eddelsteens man so in de Stuuv rumkloetern, un Hansi smitt een Handvull na de anner ut sin Taschen darbi. Do hebben all se's Sorgen en Enne, un se leven tosamen in idel Freud.

Min Märken is ut; dar löppt en Muus, de 'n fangen deit, de dörv sik dar en ganz grote Pelzmütz vun maken.

De kroetige Snieder

Mal an en Sommermorrn sitt so'n lütte, spiddelige Snieder up sin Disch an't Finster, is fein toweg' un neiht, all wat he kann. Do kümmt dar en Buersfruu de Straat lang, de verköfft Plummenmoos un röppt dat ut: „Plummenmoos! Feine Plummenmoos!" Dat klingt de lütte Snieder fein in'e Ohren, he stickt sin spiddelige Kopp ut't Finster rut un röppt, se schall man mal rupkamen, dar kann se ehr Waar loswarrn. De Fruu stiggt mit ehr sware Korv de dree Treppen rup na de Snieder, un dar mutt se all ehr Kruken vör em utpacken. He kickt sik de an, een bi een, böhrt se hooch, rüükt dar an un seggt toletzt, as't schient, is dat Moos guut, se schall em man veer Loot afwegen, un wenn't en Viddelpund ward, denn hett dat uck keen Noot. De Fruu hett ja dacht, se ward dar düchtig wat los, un se gifft em woll, wat he hebben will, man as se wegggeiht, do is se doch brummig un verdreetlich. To dat Moos schall em de leeve Gott sin Segen geven, röppt de Snieder, un schall em Kraft un Knoev geven. He haalt dat Broot ut sin Schapp, snitt sik en Stück af dwars oever dat heele Broot un smert dar vun dat Moos up. Dat smeckt sachs nich bitter, seggt he, man ehrer he afbieten deit, will he eerst de Rump[1] ferdig maken, 'nem he jüst bi is. He leggt dat Broot blangen sik un neiht wieder, un för Freud warrn sin Stichen ümmer grötter. Wieldes stiggt de Ruch vun dat Moos rup an de Wand, 'nem en Barg Fleegen sitten, un do warrn de anlockt un setten sik dar flockwies up. „Öh", seggt de Snieder, „wokeen hett ju inladen?" un jaagt de unbedene Gäste weg. Man de Fleegen verstahn sachs keen

---

[1] Rump = Wams

Düütsch – Plattdüütsch al gar nich – un kamen mit noch mehr annern wedder. Do löppt de lütte Snieder toletzt en Luus oever de Lever, as 'n so seggt, un do haalt he ut sin Höll en Plünn rut un: „Tööv, ju will ik dat wiesen!", haut he dar ahn Barmen rup. As he de Plünn aftreckt un natellt, do liggen dar nich weniger as soeven vör em, sünd doot un strecken de Beens vun sik. „Büst du so'n Keerl?" seggt he, un he mutt sik sülven wunnern, wovel Kraasch as he hett. „Dat schall de heele Stadt weeten!" Un gau klippt he sik en Gördel t'recht un stickt dar mit grote Bookstaven up: „Soeven up een Slag!" „Och wat Stadt", seggt he denn, „de heele Welt schall dat to weeten kriegen!" Un vör Freud wackelt em sin Hart as so'n Lämmer-steert.

De Snieder binnt sik de Gördel um't Liev un will rut in'e Welt, he meent, de Warkstä' is to lütt för all sin Kraasch. Ehrer he sik afglitt, kickt he noch mal in't Huus rum, um dar nich wat is to mitnehmen, man he finnt nix as en ole Koemkees, de deit he in sin Tasch. Vör't Door ward he en Dacklünk wies, de hett sik in'e Büsche vertüdelt, de mutt nu bi de Kees rin in'e Tasch. Denn nimmt he driest de Weg ünner de Fööt, un licht un flink, as he is, ward he nich möö'.

De Weg bringt em rup up en Barg, un as he baven ankamen is, do sitt dar en gewaltige Ries un kickt sik ooldmödig um. De lütte Snieder geiht driest ran na em un snackt em an: „Moin, Kam'raad. Na, sittst du un kickst di de wiede Welt en beten an? Ik bin jüst up'e Weg darhen un will mi wat versöken. Hest nich Lust un kamen mit?" De Ries kickt de Snieder minnachtig an un seggt: „Du Plünn! Du Spiddelfix!" – „Wat?!", seggt de Snieder, knööpt sik de Jack up un wiest de Ries sin Gördel, „dar kannst lesen, wat ik

för'n Keerl bün!" De Ries lest: „Soeven up een Slag"
un meent ja, dat sünd Minschen we'n, de de Snieder
doothaut hett, un do kriggt he doch en beten Respekt
för de lütte Keerl. Man eerst will he em mal up'e
Proov stellen, he kriggt en Steen up un drückt 'n mit
de Hand tohopen, dat dar dat Water rutdrüppelt.
Dat schall he mal namaken, wenn he Knoev hett,
seggt de Ries. „Anners nix?" seggt de Snieder. „Sowat
gellt bi unsereen man as Spelerie." He deit, as wenn
he sik en Steen söcht, langt in'e Tasch, kriggt de
weeke Kees rut un drückt 'n, dat de Saft dar man so
rutlöppt. „Na", seggt he, „dat is en anner Snack,
wa'?" De Ries weet gar nich, wat he seggen schall, he
kann dat gar nich gloven vun de dare Spiddelfix.

Do kriggt de Ries en Steen up un smitt 'n so hooch,
een kann 'n knapp noch seh'n. „Namaken", seggt he.
„Dat weer ja ganz nett smeten", seggt de Snieder,
„man de Steen is ja doch wedder dalkamen. Ik will di
een smieten, de schall gar nich wedderkamen." He
langt in'e Tasch, kriggt de Dacklünk dar rut un smitt
'n tohööcht. De Vagel freut sik, dat 'n wedder frie is,
stiggt hooch, flüggt weg un kümmt nich wedder.
„Wat seggst darto, Kam'raad?" fraagt de Snieder.
„Ja", seggt de Ries, „smieten kannst du. Man nu
woe'n wi mal sehn, um du uck kannst arig wat drä-
gen." He geiht mit de lütte Snieder na en grote Eek-
boom, de liggt dar dalhaut an'e Grund, un seggt:
„Wenn du nugg Knoev hest, denn so help mi un drä-
gen de dare Boom ut't Holt rut." Ja, geern, seggt de
lütte Keerl, de Ries schall man de Stamm up'e Nack
nehmen, denn will he de Telgens un Twiegen drägen,
dat is ja doch dat Swaarste, seggt he. De Ries kriggt
sik de Stamm up'e Schuller, man de Snieder sett sik
up een vun de Telgens, un do mutt de Ries – de kann
sik ja nich umkieken – do mutt de de heele Boom

wegslepen un de Snieder upto. De is dar achtern heel lustig un fideel un fleut't sik een, as wenn dat Boomslepen en Kinnerspel is. As de Ries sik en Stück wied afmarst hett, do kann he nich mehr un röppt, he mutt de Boom fallen laten. De Snieder springt fix dal, faat't de Boom mit beide Arms an, as harr he 'n dragen, un seggt to de Ries: „So'n grote Keerl, as du büst, un kannst nich mal so'n Boom drägen!"

Se gahn tosamen wieder un kamen an en Kasber'nboom. Do kriggt de Ries de Topp vun'e Boom faat, 'nem de riepste Kasber'n hängen, büggt 'n dal, gifft 'n de Snieder in'e Hand un seggt, he schall man driest tolangen. Man de Snieder is ja vel to flau för un holen de Boom, un as de Ries loslett, do sleit de Boom ja wedder hooch, un de Snieder ward mit in'e Luft schaten. As he wedder dalfullen is – daan hett he sik nix –, do seggt de Ries: „Wat? Hest du nich mal Knoev un holen so'n Pinn fast?" – „Och", seggt de Snieder, „an Knoev mangelt dat nich. Meenst du, dat is wat för een, de soeven up een Slag drapen hett? Ik bün oever de Boom roeverhoppt, wiel dat de Jägers dar nedden in'e Büsche schöten. Maak mi dat na, wenn du kanst." De Ries versöcht dat, man he kann nich oever de Boom roever kamen, he blifft in'e Telgens hängen. Do behollt de Snieder wedder de Boeverhand.

Do seggt de Ries, wenn he so'n düchtige Keerl is, denn so schall he doch mitkamen na se's Höhl un dar Nacht blieven. Dar hett de Snieder nix gegen, un he geiht mit. As se in'e Höhl ankamen, do sitten dar noch anner Riesen an't Füer, un elkeen vun se hett en braa'ne Schaap in'e Hand un itt darvun. De Snieder kickt sik um un denkt, dar is dat doch wat wiedlöftiger as in sin Warkstä'. De Ries wiest em en Bett to un seggt, dar schall he sik man rinleggen un düchtig utslapen. Man de Snieder is dat Bett vel to groot, he leggt sik dar nich rin, he verkrüppt sik in'e eene Eck. To Middernacht meent de Ries denn ja, de Snieder slöppt deep un fast, un do steiht he up, kriggt sik en grote iesern Stang her un haut dat Bett mit een Slag dör. Do meent he, he hett de dare Grashopper de Rest geven. Fröh an'e neegeste Morrn gahn de Riesen to Holts un hebben de lütte Snieder heel un deel vergeten, do kümmt de upmal ganz lustig un driest dar anmarscheert. Do verfehrn de Riesen sik, se sünd bang', he haut se all doot, un se lopen weg, all wat se koenen.

De lütte Snieder treckt wieder, ümmer achter sin spitze Näs ran. He is al lang' ünnerwegens, do kümmt he in'e Hoff vun en Königsslott. He is möö', un do leggt he sik dal in't Gras un slöppt in. Wieldes he dar so liggen deit, kamen de Lüüd, kieken em vun all Sieden an un lesen up sin Gördel „Soeven up een Slag". „Nanu", seggen se, „wat will so'n grote Kriegsheld hier merrn in'e Freden? Dat mutt en mächtige Herr we'n." Un denn gahn se hen na de König un mellen em dat, un se meenen, wenn dat mal Krieg gifft, denn is so'n Keerl wichtig un vel nütt, de dörv een jo nich weglaten. De König gefallt de dare Raat, un he schickt een vun sin Hofflüüd hen na de Snieder, de schall em, so draa as he waak ward, Kriegsdeenst anbeeden. De Mann blifft bi de Snieder stahn un töövt, bet de sin Arms un Beens recken deit un de Ogen upmaakt, un denn bringt he sin Warv vör. Jüst darum is he ja kamen, seggt de Snieder, he is praat un gahn in de König sin Deenst. Do heeten se em vull Ehren willkamen un wiesen em en extra Hüsen to.

Man de König sin Kriegslüüd, de is de Snieder gar nich na de Mütz, un se wullen, he weer dusend Mielen wied weg. „Wat schall dar blots vun warrn?" seggen se ünner sik, „wenn wi Krach kriegen mit em un he haut to, denn so fallen mit elkeen Slag soeven Mann. Dar koenen wi nich bi bestahn." Do warrn se sik eenig un gahn alltohopen na de König un woe'n se's Afscheed nehmen. Se sünd dar nich na maakt, seggen se, un holen dat ut blangen en Keerl, de mit een Slag soeven Mann dalhaut. Do is de König trurig, dat he um de dare eene schall all sin true Deeners verlustig gahn, un he wünscht sik, he harr em nie nich to sehn kregen, un he wull, he weer em wedder los. Man he truut sik nich un geven em de Afscheed, he is bang', he haut em un all sin Volk doot un sett sik denn sülven up'e Thron.

He oeverleggt lang' hen un her, un upletzt weet he Raat. He schickt na de lütte Snieder un lett em bestellen, wo he doch so'n grote Kriegsheld is, do hett he wat to doon för em. In en Holt in sin Land, dar husen twee Riesen, de maken mit Roov un Moord, mit Sengeln un Brennen grote Schaden. Keeneen kann se neeg kamen, denn so sett he sin Leven up't Spel. Wenn he düsse beide Riesen nu dalkriggt un dootmaakt, denn so will he em sin Dochter to Fruu geven – he hett man de eene – un dat halve Riek upto. Un he schall uck hunnert Rieders mitkriegen, de schoe'n em helpen. Na, dat is ja wat för so'n Keerl as em, denkt de Snieder, en smucke Königsdochter un en halve Königriek kriggt een nich all Daag anbaden. O ja, antert he, mit de Riesen will he al klaarkamen, un de hunnert Rieders, de bruukt he dar nich bi. De soeven mit een Slag dalhaut, de bruukt ja nich bang' we'n vör twee.

De Snieder maakt sik up'e Padd, un de hunnert Rieders trecken mit. As he an'e Kant vun't Holt kümmt, seggt he to sin Lüüd, se schoe'n man dar up em töven, mit de Riesen will he al alleen klaar warrn. Denn geiht he rin in't Holt un kickt sik um na rechts un na links. Na en lütte Stoot ward he de beide Riesen wies: Se liggen ünner en Boom to slapen, un darbi snorken se, de Telgens bögen sik dar up un dal vun. De Snieder, nich fuul, sammelt sik beide Taschen vull Steens un klarrt dar up'e Boom mit. As he in'e Mitt is, rutscht he up en Telgen lang, bet he liek oever de Slaapmützen to sitten kümmt, un denn lett he de eene Ries een Steen na de anner up'e Bost fallen. En ganze Tied markt de Ries nix, man upletzt ward he waak, stött sin Kolleeg an un seggt: „Wat haust du mi?" – „Du dröömst", seggt de anner, „ik hau di nich." Se leggen sik wedder dal to slapen, do smitt de Snieder en Steen up'e tweete. „Wat schall dat?" röppt de, „wat smittst du mi?" – „Ik smiet di nich", seggt de eerste un gnurrt. Se strieden sik noch en beten, man se sünd möö', un do laten se dat na, un de Ogen fallen se wedder to. De Snieder, de fangt sin Spel vun frischen an, söcht sik de dickste Steen ut un smitt 'n de eerste Ries all, wat he kann, up'e Bost. „Dat is to dull!" schriet de, springt hooch as unklook un stött sin Kolleeg an'e Boom, dat de arig bevern ward. De anner blifft em nix schüllig, un do warrn se so dull in'e Kopp, se rieten Böme ut un hau'n up'nanner los so lang', bet se toletzt to lieker Tied umfallen un sünd doot. Do springt de Snieder dal vun sin Boom. „Man een Glück", seggt he, „se hebben nich de Boom utreten, 'nem ik up sitten dä', anners harr ik noch as so'n Katteeker roeverspringen musst up en anner een." He kriggt sin Swert rut un haut de beiden ganz geruhig en paar düchtige Wunnen in'e Bost, denn geiht he rut na de Rieders un seggt, de Arbeit is daan, he hett se beide dootmaakt. Man dat is dull togahn, seggt he, in se's Noot hebben se Böme utreten un sik darmit verdeffendeert, man dat helpt allens nix, wenn een kümmt as he, de soeven mit een Slag dalhaut. Um he denn nich verwunnt is, fragen em de Rieders. Keen beten, seggt he, nich de lüttste Ratscher hett he afkregen. De Rieders woe'n em dat nich gloven un rieden rin in't Holt. Do liggen de beide Riesen dar in se's Bloot, un rundum liggen de Böme, de se utreten hebben. Do wunnern se sik un verfehrn sik noch duller vör de Snieder. Se sünd dar oevertüügt vun, wenn se Striet mit em kriegen, denn so murkst he se all af.

Nu rieden se na Huus un vertellen de König, wat dar passeert is. Un de Snieder kümmt uck un verlangt vun'e König de Lohn, de he em toseggt hett, man de deit sin Verspreken nu leed, un he oeverleggt wedder, wodennig he kann de dare Held loswarrn, dat he em nich sin Dochter geven mutt. Do seggt he to em, in't Holt, dar löppt noch en Eenhoorn rum, dat hett al en Barg Schaden maakt an Minschen un Deerten, dat mutt he eerst fangen, wenn he sin Dochter hebben will. Dar is de Snieder mit inverstahn, he nimmt sik en Tau mit un en Äx un geiht to Holts. De Lüüd, de he mitkregen hett, lett he wedder butenvör töven, he will dat Eenhoorn al alleen fastholen, seggt he. He mutt nich lang' söken, dat duert man en lütte Stoot, do kümmt dat Beest anrönnt un liek up'e Snieder los un will em sin Hoorn dör't Liev jagen. „Man sacht, man sacht", seggt he, „so gau geiht dat nich." He blifft stahn, bet dat Beest dicht bi is, un denn springt he gau achter de Boom. Dat Eenhoorn kann nich mehr bidreihn, dat rönnt in vulle Loop gegen de Boom un jaagt sin Hoorn so deep un fast in'e Stamm rin, dat 'n dat nich wedder ruttrecken kann, sovel Knoev 'n dar uck an wennen mag. „So", seggt de Snieder, „nu heff ik di!" He kümmt achter de Boom rut, leggt dat Eenhoorn dat Tau um'e Hals, denn haut he mit'e Äx dat Hoorn ut'e Boom, un as allens klaar is, bringt he dat Deert na de König un verlangt sin Lohn, de em toseggt is.

De König verfehrt sik un spickeleert wedder, wodennig he ut de Kniep kamen kann. He seggt, ehrer dar Hochtied maakt warrn kann, do mutt de Snieder noch eerst en Wildswien fangen, dat löppt in't Holt rum un maakt düchtig Schaden. Sin Jägers schoe'n em darbi helpen. „Geern", seggt de Snieder, „dat is en Kinnerspel." De Jägers will he nich mithebben in't Holt, de lett he butenvör, un dat is se sachs uck ganz recht. Dat Swien hett se al mehr as eenmal up en Aart begrööt't, dat se dar nich jüst na lengen un bemöten dat nochmal. As dat Swien de Snieder wies ward, wett't et de Tähns un löppt mit Schuum vör't Muul up em los un will em dalsmieten an'e Grund. Nu steiht de Snieder jüst bi en Kapell, un do springt he dar gau rin un foorts baven ut't Finster wedder rut. Dat Swien ja achter em ran, man he, nich fuul, butenum lapen un de Dör tohaut, do is dat Deert fungen, denn dat is dar ja vel to swaar un to tüffelig to un springen baven ut dat Finster rut. De Snieder röppt denn de Jägers, se schoe'n sik dat ankieken, un denn geiht he na de König un seggt: „De Soeg heff ik fungen, un darmit uck de Königsdochter." Um de König fröhlich is to de dare Naricht oder trurig, dat lett sik ja sachs denken. Man nu weet he sik nich mehr to helpen, he mutt sin Verspreken holen, um he will oder nich, un he mutt de Snieder sin Dochter geven un dat halve Königriek. Man he meent ja, dat is tominnst en grote Kriegsheld, de se kriggt. Harr he wusst, dat is man en Snieder, denn so harr he em sachs leever en Tau um'e Hals geven. Man nu ward de Hochtied denn fiert mit grote Pracht un lütte Freud, un ut en Snieder ward en König maakt.

Na en paar Daag hört de junge Königin bi Nacht, ehr Mann seggt in'e Droom: „Jung, maak mi de Rump un flick mi de Büx, anners hau ik di de El um de Ohren." Do markt se, in wat för'n Straat ehr Mann to Huus is, un de neegste Morrn beklaagt se sik bi ehr Vadder un seggt, he schall ehr vun de dare Keerl afhelpen, de is man blots en Snieder. De König trööst't ehr un seggt, se schall man de neegste Nacht ehr Slaapkamerdör apen laten, denn schoe'n sin Deeners buten stahn, un wenn he slöppt, schoe'n se ringahn, em binnen an Hänne un Fööt un up en Schipp drägen, un dat schall em denn wegbringen in'e wiede Welt. Dat is de Dochter recht. Man de König sin Wapendräger, de hett allens mit anhört, he mag de junge König lieden un vertellt em allens. „Dar will ik en P vörsetten", seggt de Snieder. As dat Nacht ward, leggt he sik so as ümmer mit sin Fruu to Bett. As se meent, he slöppt, do steiht se up, maakt de Dör up un leggt sik wedder dal. De Snieder deit man so, as wenn he slöppt, un ward denn luut ropen: „Jung, maak de Rump un flick mi de Büx, anners hau ik di de El um de Ohren. Ik heff soeven mit een Slag haut, ik heff twee Riesen dootmaakt, en Eenhoorn un en wille Soeg fungen, un denn schull ik bang' we'n vör de paar, de dar buten vör de Kamer luern?!" As de Lüüd vör de Dör de Snieder sodennig snacken hören, do warrn se all gresig bang', se lopen, as weer de wille Jäger achter se, un keeneen will sik mehr an em wagen. Un do is un blifft de Snieder König sin Leven lang.

Aschenpoesel

Dar is mal en rieke Mann we'n, de is sin Fruu krank wurrn, un as se markt, dat geiht to Enne mit ehr, do röppt se ehr Dochter – de eene hebben se man hatt – de röppt se an ehr Bett un seggt: „Bliev du en frame un gude Deern, denn so ward de leeve Gott di ümmer bistahn, un ik will vun'e Himmel dalkieken up di un um di rum we'n." Denn maakt se de Ogen to un is doot. De Deern geiht elkeen Dag na de Mudder ehr Graff un weent, un se blifft fraam un guut. As de Winter kümmt, deckt de Snee en witte Dook over dat Graff, un as dat Fröhjahr dat wedder aftrocken hett, do nimmt de Mann sik en anner Fruu wedder.

De dare Fruu bringt twee Deerns mit in't Huus, de sünd smuck un witt vun Gesicht, man leeg un swatt in't Hart. Do fangt en slimme Tied an för dat stackels Steefkind. „Wat schall de dumme Goos bi uns in'e Stuuv sitten!" seggen se. „De Broot eten will, de mutt sik dat verdeenen. Rut mit de Koekendeern!" Se nehmen ehr dat smucke Tüüg weg un geven ehr en ole griese Kittel för un trecken an un en Paar Klotzen för de Fööt. „Kiek mal, de stolte Prinzessin, wo de rutputzt is!" ropen se, lachen un bringen ehr na Koek. Dar mutt se vun morrns bet avends slaven, vör Dau un Dag upstahn, Water halen, Füer anböten, kaken un waschen. Upto spelen de Süstern ehr een Putz na de anner, brüden ehr un kippen ehr Arften un Linsen in'e Asch, un se mutt denn sitten un sammeln se wedder rut. To Avend, wenn se sik möö' maracht hett, kümmt se nich in en Bett to liggen, se mutt sik blangen de Heerd in'e Asch leggen. Sodennig is se denn ja ümmer stoffig un schietig, un darum nömen se ehr Aschenpoesel.

Nu will de Vadder mal na de grote Stadt fahren to Mess, un do fraagt he sin beide Steefdöchter, wat he se mitbringen schall. „Feine Tüüg", seggt de eene, „Parlen un Eddelsteens", seggt de anner. „Un wat is mit di, Aschenpoesel, seggt he, „wat wullt du hebben?" De eerste Twieg, de em an'e Hoot stött, wenn he na Huus rieden deit, seggt se, de schall he för ehr afbreken. He köfft denn ja uck för de beide Steefsüstern feine Tüüg un Parlen un Eddelsteens, un up'e T'rüggweg, do kümmt he dör en gröne Busch, un do kümmt en Hasseltwieg an sin Hoot un stött em de dal. Do brickt he de Twieg af un nimmt 'n mit. As he denn na Huus kümmt, gifft he sin Steefdöchter, wat se sik wünscht hebben, un Aschenpoesel kriggt de Twieg vun'e Hasselbusch. Aschenpoesel bedankt sik, geiht na ehr Mudder ehr Graff un plantet dar de Twieg up, un se weent so dull, ehr Tranen fallen dar up dal un göten 'n an. Do ward de Twieg Wuddeln slaan un wasst to en feine Boom. Aschenpoesel geiht dar elkeen Dag dreemal ünner, weent un bed't, un ümmer kümmt dar en witte Vagel up'e Boom, un wenn se en Wunsch utspreken deit, denn so smitt de Vagel ehr dal, wat se sik wünscht hett.

Mal stellt de König to to en Fest, dat schall dree Daag duern, un all de smucke Deerns in't Land warrn darto inladen: De König sin Soehn will sik en Bruut utsöken. De beide Steefsüstern hören, se schoe'n dar uck bi we'n, un do sünd se fein toweg' un ropen na Aschenpoesel, se schall se dat Haar kämmen un de Schoh putzen un de Snallen fastmaken, seggen se, se woe'n na de Hochtied up'e König sin Slott. Aschenpoesel deit dat, man se weent darbi, se wull uck geern mit to Danz, un se fraagt de Steefmudder um Verlööv. „Wat?" seggt de, „du Aschenpoesel, du büst vull Stoff un Schiet, un du wullt na de Hochtied? Du hest keen Tüüg un keen Schoh un wullt danzen?" Man as se biblifft to dibbern, do seggt se toletzt, se hett ehr en Schöttel Linsen in'e Asch kippt, wenn se de in twee Stunnen wedder rutsammelt hett, denn schall se mitgahn. Do geiht de Deern dör de Achterdör in'e Gaarn un röppt: „I tamme Duven, I Holtduven, all Vageln ünner de Heven, kumm un help mi sammeln,

    de guden in't Fatt,
    de ringen in'e Krars."

Do kamen twee witte Duven rin in't Koekenfinster, un denn de Holtduven, un upletzt fleegen un flattern all de Vageln ünner de Heven rin un setten sik dal rund um'e Asch. Un de Duven nicken mit'e Kopp, un gahn bi: pick, pick, pick, pick, un do fangen de annern uck an: pick, pick, pick, pick, un sammeln all de gude Koorns in'e Schöttel. Dat duert man knapp en Stunn, do sünd se al ferdig un fleegen all wedder rut. Do geiht de Deern na ehr Steefmudder mit dat Fatt un freut sik un meent, nu dörv se mit na de Hochtied. Man de Oolsch seggt, nee, se hett keen Tüüg, un se kann nich danzen, de lachen ehr blots all ut. Do ward de Deern weenen, un do seggt de Oolsch, wenn se ehr in een Stunn twee Schötteln Linsen ut'e Asch sammelt, denn so dörv se mit, un se denkt, dat kann se ja nie nich schaffen.

As de Oolsch de twee Schötteln Linsen in'e Asch daan hett, geiht de Deern dör de Achterdör na de Gaarn un röppt wedder: „I tamme Duven, I Holtduven, all Vageln ünner de Heven, kumm un help mi sammeln,

    de guden in't Fatt,
    de ringen in'e Krars."

Do kamen wedder twee witte Duven rin in't Koeken-
finster, un denn de Holtduven, un upletzt fleegen un
flattern all de Vageln ünner de Heven rin un setten
sik dal rund um'e Asch. Un de Duven nicken mit'e
Kopp un gahn bi: pick, pick pick, pick, un do fangen
de annern uck an: pick, pick, pick, pick, un sammeln
all de gude Koorns in'e Schöttel. Un dat duert keen
halve Stunn, do sünd se al ferdig un fleegen all
wedder rut. Do geiht de Deern na ehr Steefmudder
mit dat Fatt un freut sik un meent, nu dörv se mit
na de Hochtied. Man de Oolsch seggt, dat helpt ehr
allens nix, se kümmt nich mit, denn se hett keen
Tüüg un kann nich danzen; se müssen sik ja
schamen för ehr. Denn dreiht se ehr de Rügg to un
glitt sik af mit ehr beide grootsnutige Deerns.

As denn keeneen mehr to Huus is, geiht Aschenpoe-
sel na ehr Mudder ehr Graff ünner de Hasselboom
un röppt:
    „Boom, roeg di mal un schüddel di,
      smiet Gold un Sülver oever mi!"
Do smitt ehr de Vagel en Kleed vun Gold un Sülver
dal un Pantüffeln, de sünd mit Sied un Sülver stickt.
Gau treckt se dat Kleed an un geiht na de Hochtied.
Man ehr Süstern un ehr Steefmudder, de kennen ehr
nich, se meenen, dat is sachs en frömde Königsdoch-
ter, so smuck süht se ut in dat gollne Kleed. An
Aschenpoesel denken se gar nich, se denken, de sitt
to Huus in'e Schiet un söcht de Linsen ut'e Asch. De
Königssoehn kümmt ehr in'e Mööt, nimmt ehr bi de
Hand un danzt mit ehr. He will uck mit anners keen
danzen, he lett ehr Hand nich wedder los, un wenn
anners een ehr halen will to danzen, seggt he nee,
dat is *sin* Danzdeern.

Se danzt, bet dat Avend ward, denn will se na Huus. Man de Königssoehn seggt, he will mit ehr gahn un ehr langbringen; he will ja sehn, wonem se henhören deit. Man se witscht em weg un springt in'e Duvenslag. Do luert de Königssoehn, bet de Vadder kümmt, un seggt, de frömde Deern is in'e Duvenslag sprungen. De Ole denkt: „Schull dat Aschenpoesel we'n?" un se moeten em Äx un Bielen bringen, dat he de Duvenslag tweihauen kann, man dar is keeneen in. Un as se do in't Huus kamen, do liggt Aschenpoesel in ehr schietige Plünnen in'e Asch, un in'e Schosteen brennt en matte Traanfunzel, denn Aschenpoesel is gau achtern ut'e Duvenslag dalsprungen un is na de Hasselboom lapen. Dar hett se dat feine Tüüg uttrocken un dalleggt up't Graff, un de Vagel hett dat wedder wegnahmen. Un denn hett se sik in ehr griese Kittel in'e Koek bi de Asch dalsett.

As dat Fest de neegste Dag wedder losgeiht, un ehr Vadder un Mudder un ehr Steefsüstern sünd wedder weg, do geiht Aschenpoesel na de Hasselboom un seggt;

„Boom, roeg di mal un schüddel di,
smiet Gold un Sülver oever mi!"

Do smitt de Vagel en Kleed dal, dat is noch vel feiner as dat vun güstern. Un as se mit dat dare Kleed na de Hochtied kümmt, do sünd se all verbaast, wo smuck as se is. De Königssoehn hett dar al up luert, dat se kamen deit, he kriggt ehr foorts bi de Hand un danzt blots mit ehr. Wenn anners een kümmt un will mit ehr danzen, seggt he nee, dat is *sin* Danzdeern.

As dat denn Avend ward, do will se afste', un de Königssoehn geiht ehr achterna, he will sehn, in wat för'n Huus se ringeiht. Man se löppt em weg un löppt in'e Gaarn achter't Huus. Dar steiht en feine grote Boom mit feine Ber'n, dar klarrt se flink as en Katteeker rup mang de Telgens, un de Königssoehn weet nich, wonem se afbleven is. Man he töövt, bet de Vadder kümmt un seggt to em, de frömde Deern is em wegwitscht, un he meent, se is up'e Berboom klarrt. De Vadder denkt: „Schull dat Aschenpoesel we'n?" He lett sik en Äx halen un haut de Boom dal, man dar is keeneen up. Un as se na Koek kamen, do liggt Aschenpoesel dar in'e Asch as anners uck: Se is up'e anner Siet vun'e Boom dalsprungen, hett de Vagel up'e Hasselboom dat feine Tüüg wedderbröcht un ehr griese Kittel antrocken.

An'e drütte Dag, as ehr Vadder un Mudder un Süstern weg sünd, geiht Aschenpoesel wedder na ehr Mudder ehr Graff un seggt to de Boom:
„Boom, roeg di mal un schüddel di,
smiet Gold un Sülver oever mi!"
Do smitt de Vagel ehr en Kleed dal, dat is so fein un glinstert, so een hett se noch nich hatt, un de Pantüffeln sünd heel un deel vun Gold. As se in dat dare Kleed na de Hochtied kümmt, do weeten se all gar nich, wat se seggen schoe'n, so verbaast sünd se. De Königssoehn danzt blots mit ehr, un wenn anners een mit ehr danzen will, seggt he nee, dat is *sin* Danzdeern.

As dat nu Avend ward, do will Aschenpoesel wedder afste', un de Königssoehn will mitgahn, man se löppt em so gau weg, dar kann he nich mit. Man he hett sik wat infallen laten un hett de heele Trepp mit Pick insmeern laten, un as se dalsprungen is, do is ehr linke Pantüffel backen bleven. De Königssoehn kriggt 'n up, un de is lütt un nüüdlich un heel vun Gold. De neegste Morrn geiht he hen na de Vadder un seggt to em, he will keen anner to Fruu hebben as de, an de ehr Foot de dare Schoh passen deit. Do freuen sik de beide Süstern, denn se hebben fiene Fööt. De öllste geiht mit de Schoh rin in ehr Kamer un will 'n anprobeern, un ehr Mudder steiht darbi. Man se kann mit'e grote Unkel nich rinkamen, de Schoh is ehr to lütt. Do langt ehr Mudder ehr en Mess hen un seggt, se schall man de Tehn afhau'n, wenn se Königin is, bruukt se ja nich mehr to Foot lopen. Do haut de Deern de Tehn af, pramst de Foot rin in'e Schoh, verbitt sik de Wehdaag un geiht rut na de Königssoehn. Do nimmt he ehr up sin Perd as sin Bruut un ritt afste'mit ehr. Man se moeten an dat Graff vörbi, un dar sitten de beide witte Duven up'e Hasselboom un ropen:

"Ruckel-di-goh, ruckel-di-goh,
dar is Bloot in'e Schoh:
De Schoh is to lütt,
de rechte Bruut to Huus noch sitt."

Do kickt he na ehr Foot un süht, wo dat Bloot dar rutlöppt. He dreiht bi mit sin Perd, bringt de verkehrte Bruut wedder na Huus un seggt, dat is nich de rechte, de anner Süster schall de Schoh antrecken. Do geiht de in ehr Kamer, un se kümmt mit ehr Tehns uck rin in'e Schoh, man de Hack is to groot. Do langt de Mudder ehr en Mess hen un seggt, se schall man en Stück vun'e Hack afhau'n, wenn se eerst Königin is, bruukt se ja nich mehr to Foot lopen. Do haut de Deern en Stück vun ehr Hack af, pramst ehr Foot rin in'e Schoh, verbitt sik de Wehdaag un geiht rut na de Königssoehn. Do nimmt he ehr up sin Perd as sin Bruut un ritt afste' mit ehr. As se an'e Hasselboom vörbikamen, do sitten dar de beide Duven up un ropen:

„Ruckel-di-goh, ruckel-di-goh,
dar is Bloot in'e Schoh:
De Schoh is to lütt,
de rechte Bruut to Huus noch sitt."

He kickt dal up ehr Foot un süht, wo dat Bloot ut'e
Schoh löppt un an'e witte Strümp al heel root to-
hööcht stegen is. Do dreiht he bi mit sin Perd un
bringt de verkehrte Bruut wedder na Huus. Dat is
uck nich de rechte, seggt he, um se nich hebben noch
en Dochter. Nee, seggt de Mann, blots vun sin dode
Fruu is dar noch so'n lütte verdreihte Aschenpoesel,
man de kann de Bruut ja nich we'n. Aver de Königs-
soehn seggt, he schall ehr mal herschicken. Och nee,
seggt de Mudder, de is ja vel to schietig, de kann sik
nich sehn laten. Man he blifft bi, he will dat so heb-
ben. Do moeten se ehr ja ropen. Se wascht sik eerst
Hänne un Gesicht rein, denn geiht se hen un böögt
sik dal vör de Königssoehn, un de langt ehr de Schoh
hen. Do sett se sik dal up en Schemel, treckt ehr
Foot ut de sware Holtschoh un stickt 'n in'e Pantüf-
fel, un de passt as anmeten. Un as se upsteiht, un de
Königssoehn kickt ehr in't Gesicht, do kennt he de
smucke Deern wedder, de mit em danzt hett, un he
röppt, dat is de rechte Bruut. De Steefmudder un de
beide Süstern verfehrn sik un warrn blass vör Arger.
Man he nimmt Aschenpoesel up sin Perd un ritt
afste' mit ehr. Un as se an'e Hasselboom vörbika-
men, ropen de beide witte Duven:
„Ruckel-di-goh, ruckel-di-goh,
keen Bloot in'e Schoh:
De Schoh is nich to lütt,
de rechte Bruut hett he nu mit."

Un as se dat rapen hebben, kamen se beid dalflagen un setten sik bi Aschenpoesel up'e Schullern, een rechts un een links, un dar blieven se sitten.

As de Hochtied mit de Königssoehn fiert warrn schall, kamen de falsche Süstern denn un woe'n sik bi ehr ankoeteln, dat se doch uck wat hebben vun ehr Glück. As denn de Bruutlüüd to Kirch gahn, do geiht de öllste rechter Hand un de jüngste linker Hand: Do picken de Duven elkeen vun se dat eene Oog ut. As se naher rutkamen, geiht de öllste linker Hand un de jüngste rechter Hand: Do picken de Duven elkeen vun se dat anner Oog ut. Un sodennig sünd se dar för se's Leven mit straaft, dat se blind sünd, und dat darum, dat se so leeg un so falsch we'n sünd.

Fru Holle

Dar is mal en Wittfruu we'n, de hett twee Deerns hatt. De eene darvun is smuck we'n un flietig, de anner grimmig un fuul. Man de grimmige un fule hett se vel leever hatt, denn dat is ehr richtige Dochter we'n, un de anner, ehr Steefdochter, hett all de Arbeit doon musst un is de Aschenpoesel we'n in't Huus. De dare stackels Deern hett elkeen Dag up'e Straat an en Soot sitten musst un spinnen, so vel, ehr is rein dat Bloot ut'e Fingern sprungen.

Mal is de Spool wedder vull vun Bloot, un do bückt se sik oever de Soot un will 'n afwaschen. Do fallt dat Ding ehr ut'e Hand un dal in'e Soot. Se ward denn ja weenen un löppt hen na ehr Steefmudder un vertellt ehr, wat ehr passeert is. Man de Oolsch schimpt ehr so unbannig ut un is ahn Barmen, se seggt, wenn se de Spool hett rinfallen laten, denn so schall se 'n uck wedder ruthalen. Do geiht de Deern wedder hen na de Soot un weet nich, wat se nu maken schall, un in ehr Noot springt se rin in'e Soot, se will de Spool wedderhalen. Do beswiemt se, un as se waak ward un wedder to sik kümmt, do liggt se up en feine Wisch, 'nem de Sünn schient un Dusende vun Blöme blöhn. Do steiht se up un geiht oever de Wisch un kümmt na en Backaben, de is vull vun Broot. Un dat Broot, dat röppt: „Och, treck mi rut, treck mi rut, anners verbrenn ik, ik bün al lang' ferdig backt!" Do geiht se hen un haalt mit de Brootschuver all de Bröde ruut. Denn geiht se wieder un kümmt na en Boom, de is vull vun Appeln un röppt na ehr: „Och, schüddel mi, schüddel mi, wi Appeln sünd all tohopen riep!" Do geiht se bi un schüddelt de Boom, dat de Appeln man so dalregen, un se schüddelt, bet dar nich een Appel mehr na is an'e Boom. Denn leggt se se all tosamen up een Huup un geiht wieder.

Toletzt kümmt se na en lütte Kaat, dar kickt en ole Fruunsminsch rut, man de hett so'n grote Hauers, un do ward se bang' un will weglopen. Man de Oolsch röppt ehr achterna: „Wat büst du denn bang', min Deern?" Se schall man bi ehr blieven, seggt se, un wenn se all de Arbeit in't Huus ornlich maken will, denn so schall se dat guut hebben. Man se schall uppassen un ehr Bett guut maken un dat düchtig upschüddeln, dat de Feddern man so fleegen, denn so sneet dat up'e Welt. Se is Fru Holle, seggt se. As se de Oolsch so blied snacken hört, do kriggt de Deern wedder Moot un ward sik eenig mit ehr un geiht bi ehr in Deenst. Se deit uck allens, wat se schall, un de Oolsch is heel tofreden mit ehr, un se schüddelt dat Bett ümmer gewaltig up, de Feddern fleegen man so as Sneeflocken. Darför hett se uck en feine Leven bi ehr, kriggt keen böse Woort to hören, un elkeen Dag feine Eten.

Se is al en ganze Tied bi Fru Holle we'n, do ward se trurig un bedripst, un toeerst weet se sülven nich, wat dat is mit ehr, man toletzt markt se, se lengt na Huus. Hier geiht ehr dat ja dusendmal beter as dar, man ehr verlangt dar doch na un kamen dar wedder hen. Toletzt seggt se to Fru Holle, se hett de Jammer na Huus kregen, un so fein ehr dat dar nedden uck geiht, se kann nich mehr blieven, se mutt wedder rup na ehr Lüüd. Do seggt Fru Holle, dat gefallt ehr, dat ehr dat wedder na Huus treckt, un wo se ehr so truu deent hett, will se ehr sülven wedder rupbringen. Un se nimmt ehr bi de Hand un bringt ehr na en grote Door. Dat Door geiht up, un as de Deern dar jüst ünner steiht, geiht en gewaltige Goldregen dal,

un all dat Gold blifft an ehr hängen, un se is vun
baven bet nedden vull darvun. Dat schall se hebben,
seggt Fru Holle, wiel dat se so flietig we'n is, un se
gifft ehr uck de Spool wedder, de ehr in'e Soot fullen
weer. Denn geiht dat Door wedder to, un de Deern
steiht baven up'e Welt, nich wied vun ehr Mudder
ehr Huus. Un as se up'e Hoff kümmt, do sitt de
Hahn up'e Sootboom un röppt:

    „Kikeriki,
    unse gollne Deern is wedder hier!"

Do geiht se rin na ehr Mudder, un wo se so vull Gold
is, do ward se vun ehr un vun ehr Süster guut up-
nahmen. De Deern vertellt allens, wat ehr passeert
is, un as de Mudder hört, wodennig se to all ehr
Riekdoom kamen is, do will se geern, dat ehr anner,
de grimmige un fule Dochter jüst so vel Glück hett.
Do mutt de sik an'e Soot setten un spinnen. De Spool
schall ja vull Bloot warrn, un do stickt se sik in'e
Finger un stött ehr Hand in'e Doorntuun. Denn
smitt se de Spool in'e Soot un springt achterher. Jüst
so as de anner Deern kümmt se uck up de feine
Wisch un geiht dar wieder. As se na de Backaben
kümmt, röppt dat Broot wedder: „Och, treck mi rut,
treck mi rut, anners verbrenn ik, ik bün al lang' fer-
dig backt!" Man de Fuuljack seggt: „Dar harr ik uck
jüst Lust to un maken mi schietig." Denn kümmt se
na de Appelboom, de röppt: „Och, schüddel mi,
schüddel mi, wi Appeln sünd all tohopen riep!" Man
se seggt: „Dat harrst woll hatt, naher fallt mi noch
een up'e Kopp!", un geiht wieder. As se na Fru Holle
ehr Kaat kümmt, ward se nich bang', se hett ja al
vun ehr grote Hauers hört, un se geiht foorts in
Deenst bi ehr.

De eerste Dag ritt se sik noch tohopen, is flietig un deit allens, wat Fru Holle ehr seggt, se denkt ja an all dat Gold, wat se naher kriegen schall. Man de tweete Dag fangt se al an un spelt de Fuulwust, de drütte Dag noch duller, do will se morrns gar nich rut ut't Bett. Se maakt uck Fru Holle ehr Bett nich, as sik dat hört, un schüddelt dat nich, dat de Feddern fleegen. Do hett Fru Holle bald de Näs vull un seggt ehr de Deenst up. Dat is de Fuuljack ganz recht, un se meent, nu kümmt de Goldregen. Fru Holle bringt ehr uck na dat Door, man as se dar ünner steiht, kümmt dar keen Gold, nee, dar ward en grote Putt mit Pick oever ehr utkippt. Dat is de Lohn för ehr Deenst, seggt Fru Holle un schottet dat Door to. Do kümmt de Fuuljack na Huus un is vun baven bet nedden vull mit Pick, un as de Hahn up'e Sootboom ehr wies ward, do röppt he:

„Kikeriki,
unse schietige Deern is wedder hier!"
Man dat Pick, dat is an ehr hängen bleven un hett all ehr Levdag nich wedder afgahn wullt.

Lütt Rootmütz

Dar is mal en lütte, söte Deern we'n, de hett elkeen leev hatt, de ehr man blots ankeken hett, man an dullsten ehr Oma, de hett gar nich wusst, wat se de Deern allens to Gude doon schall. Mal hett se ehr en Mütz vun rode Sammt schenkt, de hett ehr so fein kleed't, un se hett nix anners mehr uphebben wullt, un do hebben se blots noch „Lütt Rootmütz" to ehr seggt.

Mal seggt ehr Mudder to ehr: „Kumm, Lütt Rootmütz, hier hest du en Stück Kook un en Buddel Wien, bring dat hen na Oma. Se is nich recht up'e Damm, un dat schall ehr guut doon. Seh to un kamen afste', ehrer dat so hitt ward, un wenn du rutkümmst, denn gah suutje un loop nich vun'e Weg af, anners fallst du blots noch hen un maakst dat Glas twei, un Oma hett nix. Un wenn du bi ehr rinkümmst, denn denk an un seggen Moin, un snoeker nich eerst in all de Ecken rum."

Se will woll allens richtig maken, seggt Lütt Rootmütz to ehr Mudder un gifft ehr dar de Hand up. Man ehr Oma wahnt buten in't Holt, en halve Stunn vun't Dörp af. As Lütt Rootmütz nu in't Holt togang' kümmt, do bemött se de Wulf. Man se weet nich, wat dat för'n leege Beest is un is nich bang' vör em. „Gu'n Dag, Lütt Rootmütz", seggt de Wulf. „Dank uck, Wulf." – „Wonem hen so fröh, Lütt Rootmütz?" – „Na Oma." – „Wat hest du dar denn ünner din Schört?" – „Kook un Wien. Wi hebben güstern backt, un dar schall de kranke un flaue Oma sik mit plegen un wedder to Kräften kamen." – „Lütt Rootmütz, wonem wahnt din Oma denn?" – „Noch en Viddelstunn wieder dör't Holt, ünner de dree grote Eeken, un nedden is de Knick mit de Hasseln, man dat weetst du ja sachs", seggt Lütt Rootmütz. De Wulf denkt bi sik, „Dat dare junge, fiene Ding is en feine Mundvull, de smeckt sachs noch beter as de Oolsch. Du musst dat en beten plietsch anfangen, dat du se uck man beid faat kriggst." Do geiht he en Stück blangen Lütt Rootmütz her, denn seggt he. „Lütt Rootmütz, kiek mal, all de feine Blöme rundum! Wat kickst di nich mal um? Hörst du gar nich, wo de Vageln so fein singen? Du geihst ja vörföötsch weg, as wenn du to School geihst, un dat is doch so fein hier buten in't Holt."

Do kickt Lütt Rootmütz mal tohööcht, un as se wies ward, wo de Sünnenstrahlen mang de Böme danzen, un allens steiht vull mit smucke Blöme, do denkt se, wenn se Oma en frische Blomenstruuß mitbringt, dar freut se sik uck to, un dat is ja noch fröh an'e Dag, denn kümmt se liekers noch to rechte Tied. Un do geiht se vun'e Weg af un rin in't Holt un söcht Blöme. Un wenn se een afplöckt hett, denn dücht ehr, wieder lang, dar steiht een, de is noch smucker, un löppt darna, un sodennig kümmt se ümmer deeper rin in't Holt. Man de Wulf geiht liek hen na de Oma ehr Huus un kloppt an'e Dör. „Wokeen is dar?" – „Lütt Rootmütz is dar, ik bring di Kook un Wien, maak up." – „Drück man up'e Klink", röppt de Oma, „ik bün to flau un kann nich upstahn." Do drückt de Wulf up'e Klink, de Dör geiht up, un he geiht liek hen na de Oma ehr Bett, seggt nix, un sluckt ehr oever. Denn treckt he ehr Tüüg an, sett sik ehr Huuv up, leggt sik in ehr Bett un treckt de Gardinen vör.

Lütt Rootmütz is wieldes rumlapen na de Blöme, un as se so vel hett, dat se mehr nich drägen kann, do ward se wedder an ehr Oma denken un maakt sik

up'e Padd hen na ehr. Se wunnert sik, de Dör steiht
apen, un as se in'e Stuuv kümmt, do dücht ehr dat
dar so gediegen, un se denkt, dat is doch snaaksch,
wo bang' ehr vundaag um't Hart is, se is doch anners
so geern bi Oma. Se röppt: „Moin, Oma", man keen-
een antert ehr. Denn geiht se na't Bett ran un treckt
de Gardinen t'rügg. Dar liggt ehr Oma, hett de Huuv
deep in't Gesicht trocken un süht so gediegen ut.
„Minsch, Oma, wat hest du för grote Ohren!" – „Dat
ik di beter hören kann." – „Un Oma, wat hest du för
grote Ogen!" „Dat ik di beter seh'n kann." – „Minsch,
Oma, wat hest du för grote Hänne!" – „Dat ik di be-
ter faat kriegen kann." – „Man Oma, wat hest du
för'n gresig grote Muul!" – „Dat ik di beter upfreten
kann!" Knapp hett de Wulf dat seggt, do he nix as
rut ut't Bett un stackels Lütt Rootmütz oeversluckt.

As de Wulf sin Jieper stillt is, do leggt he sik wedder
to Bett, slöppt in un ward ganz gresig snorken. Do
kümmt dar jüst de Jäger bi't Huus lang un denkt,
wat de Oolsch doch snorken deit, he mutt doch rein
mal tokieken, um dar wat nich richtig is mit ehr. Do
geiht he rin in'e Stuuv, un as he na't Bett kümmt, do
süht he dar ja de Wulf in liggen. „Finn ik di hier, ole
Sünner", seggt he, „di heff ik lang söcht." He will de
Flint anleggen, man denn begrippt he sik un denkt,
vellicht hett de Wulf de Oma upfreten, un se is noch
to retten. He schütt nich, he kriggt sik en Scher her
un fangt an un klippen de slapen Wulf de Buuk up.
He hett man en paarmal klippt, do süht he de rode
Mütz lüchten, un noch en paarmal klippt, do kümmt
de Deern dar ruthoppt un röppt: „Oh, wat heff ik mi
verfehrt, wat weer dat düüster in'e Wulf sin Buuk!"
Un denn kümmt de ole Oma uck noch lebennig rut-
krapen un kann knapp Luft kriegen. Lütt Rootmütz

haalt gau wecke grote Steens, de packen se de Wulf in sin Buuk, un as he waak ward, will he afste' springen, man de Steens sünd so swaar, he sackt foorts dal un fallt sik doot.

Do sünd se all dree vergnöögt. De Jäger treckt de Wulf dat Fell oever de Ohren un geiht dar na Huus mit, de Oma itt de Kook un drinkt de Wien, de Lütt Rootmütz ehr bröcht hett, un se kümmt sik wedder. Man Lütt Rootmütz denkt, all ehr Levdag will se nich wedder alleen vun'e Weg af in't Holt rinlopen, wenn ehr Mudder ehr dat verbaden hett.

Dar ward uck vertellt, en anner Mal bringt Lütt Rootmütz ehr Oma wedder wat Backels hen, un do snackt ehr en anner Wulf an un will ehr vun'e Weg afbringen. Man Lütt Rootmütz wahrt sik un geiht ehr Weg vörföötsch wieder un vertellt ehr Oma, se is de Wulf bemött, un de hett ehr de Dagstied baden, man he hett so schuulsch ut de Ogen keken, wenn dat nich up apene Straat we'n weer, seggt se, denn so harr he ehr sachs upfreten. Do seggt de Oma, se woe'n man de Dör toschotten, denn kann he nich rin. Nich lang', do kloppt de Wulf an un röppt: „Oma, maak up, ik bün't, Lütt Rootmütz, ik bring di wat Backels!" Man se swiegen fein still un maken de Dör nich up. Do sliekert de ole Grieskopp een um't anner Mal um't Huus, toletzt springt he rup up't Dack, dar will he dat afluern, wenn Lütt Rootmütz an'e Avend na Huus geiht, denn so will he ehr achterna sliekern un ehr in'e Düüsternis upfreten. Man de Oma markt woll, wat he vörhett. Nu steiht dar vör dat Huus en grote Steentrogg. Do seggt se to de Deern, se schall sik mal de Ammer herkriegen. Se hett güstern Wüss kaakt, seggt se, un dat Water, 'nem de in kaakt sünd, dat schall se hendrägen un in'e Trogg kippen.

Lütt Rootmütz driggt un driggt, bet de grote, grote Trogg heel vull is. Do stiggt de Ruch vun'e Wüss de Wulf ja in'e Näs, he snuppert mal un kickt na nedden, un sin Hals ward ümmer länger. Toletzt kann he sik nich mehr holen, he kümmt in't Rutschen un rutscht vun't Dack dal, liek rin in'e grote Trogg, un dar versüppt he in. Man Lütt Rootmütz geiht vergnöögt un munter na Huus, un keeneen deit ehr wat.

De Bremer Stadtmuskanten

Dar is mal en Mann we'n, de hett en Esel hatt, un de hett al lange Jahren de Säcke na de Moehl dragen, man nu sünd sin Knoev meist all, un he is nich mehr recht to bruken för de Arbeit. Do denkt sin Herr, he mutt em man ut't Fudder kriegen. Man de Esel markt, dar weiht keen gude Wind, he löppt weg un maakt sik up'e Padd na Bremen. He meent, he kann dar sachs Stadtmuskant warrn.

As he en Stück gahn is, liggt dar en Jagdhund an'e Weg, de is an't Jappen as een, de sik möö' lapen hett. Wat he denn so jappen deit, fraagt de Esel. Och, seggt de Hund, he is oold un ward vun Dag to Dag flauer, un up'e Jagd kann he uck nix mehr utrichten, un do hett sin Herr em dootslaan wullt, man he is gau utknepen. Man wo schall he nu sin Broot mit verdeenen? „Weetst wat?" seggt de Esel, „ik gah na Bremen un warr dar Stadtmuskant. Kumm mit un laat di uck bi de Musik anhüern. Ik spel Gitarr, un du kannst de Pauken slaan." Dar is de Hund mit inverstahn, un se gahn wieder.

Nich lang', do sitt dar en Katt an'e Weg, de maakt en Gesicht as dree Daag Regenwedder. „Na, wat is di denn verdwass kamen, ole Baartputzer?" seggt de Esel. Wokeen denn woll lustig we'n kann, wenn em dat an'e Kraag gahn schall, seggt de Katt. Se is ja nu in'e Jahren kamen, un ehr Tähns warrn bi lütten stump, un se sitt leever achter de Aben, as dat se achter de Müüs ranjachtert, un do hett ehr Fruu ehr afsupen wullt. Se is ja jüst noch utneiht, man nu weet se sik keen Raat: Wonem schall se hen? Se schall man mit se na Bremen gahn, seggt de Esel, se versteiht sik doch up Nachtmusik, denn kann se dar

Stadmuskant warrn. Ja, dar dücht de Katt wat um, un se geiht mit.

Denn kamen de dree Utkniepers an en Hoff lang, dar sitt up't Door de Hahn un kreiht all, wat he kann. „Du schriest een ja dör Mark un Been", seggt de Esel, „wat is denn los?" He hett gude Wedder vörutseggt, seggt de Hahn, denn vundaag is ja Unse leeve Fruu ehr Dag, 'nem se dat Christkind sin Hemden wuschen hett un drögen will, man de Fruu kennt keen Barmen. Morrn is ja Sünndag, un do kriegen se Frömden, un do hett se to de Koeksch seggt, se will em in'e Supp kriegen, un he schall vunavend noch de Kopp afhebben. Un nu schriet he ut vulle Hals, so lang' as he dat noch kann. Och wat, seggt de Esel, he schall man leever mit se trecken, se woe'n na Bremen. Wat Beteres as de Dood finnt he allerwegens, seggt he. He hett ja en gude Stimm, un wenn se tohopen Musik maken, denn so mutt dat doch Aart hebben. De Vörslag gefallt de Hahn, un do trecken se all veer afste'.

Man se koenen na Bremen ja nich an een Dag henkamen. Hen to Avend kamen se in en Holt togang', dar woe'n se Nacht blieven. De Esel un de Hund leggen sik ünner en grote Boom, de Katt un de Hahn gahn hooch in'e Telgens, un de Hahn flüggt rup bet ganz in'e Spitz, dar is an wenigsten Gefahr för em. Ehrer he inslöppt kickt he sik noch mal um na all veer Sieden, un do dücht em, he süht en Enne weg en lütte Funk brennen, un he röppt dal na de annern, dar mutt gar nich wied weg en Huus we'n, he kann Licht sehn. Do seggt de Esel, denn moeten se seh'n un kamen dar noch hen, denn hier is de Harbarg doch man wat ring. Un de Hund meent, en paar Knaken mit wat Fleesch an, dat weer för em nich verkehrt. Do maken se sik up'e Weg in de Richt, 'nem dat Licht is, un nich lang', do sehn se dat wat heller schemern, un dat ward ümmer grötter, bet se na en Röverhuus kamen, 'nem vulle Licht is.

De Esel – de is ja de gröttste vun se – de geiht an't Finster un kickt rin. Wat he denn seh'n deit, fraagt de Hahn. „Wat ik sehn do?" fraagt de Esel. „En deckte Disch mit feine Eten un Drinken, un dar sitten Rövers bi un laten sik dat smecken." Dat weer wat för se, meent de Hahn. Ja ja, seggt de Esel, wenn se man dar binnen weern! Do raatslaan de Deerten, wodennig se sik hebben moeten för un jagen de Rövers to'n Düvel, un toletzt fallt se wat in. De Esel mutt sik mit de Vörfööt up'e Finsterbank stellen, de Hund springt bi de Esel up'e Rügg, de Katt klarrt rup up'e Hund, un toletzt flüggt de Hahn tohööcht un sett sik up'e Katt ehr Kopp. As se darmit t'recht sünd, fangen se up en Teeken alltosamen an un maken se's Musik: De Esel schriet, de Hund, de bellt, de Katt miaut un de Hahn, de kreiht. Denn störten se dör dat Finster rin in'e Stuuv, dat de Ruten man so kloetern. Bi de dare gresige Radau schöten de Rövers tohööcht, se meenen, dat is en Spöök, wat dar rinkümmt, un in gresige Angst neihn se ut, rut in't Holt. Do setten de veer Kam'raden sik dal an'e Disch un maken sik an dat, wat noch na is, un se freten, as wenn se veer Wuchen lang hungern schoe'n.

As de veer Muskanten ferdig sünd mit Eten, maken se dat Licht ut un söken sik en Slaapplatz, elkeen na sin Natur un sin Moeg. De Esel leggt sik up'e Misspahl, de Hund achter de Dör, de Katt up'e Heerd blangen de warme Asch, un de Hahn sett sik baven up'e Hahnbalk. Vun se's lange Weg sünd se möö', un do slapen se uck bald in. As Middernacht vörbi is un de Rövers seh'n, dar brennt keen Licht mehr in't Huus, do seggt de Röverhauptmann, se harrn sik doch nich sodennig bang' maken laten schullt, un he schickt een hen, de schall dat Huus ünnersöken. De Keerl finnt allens still un geiht in'e Koek, he will Licht anmaken. Do meent he, de glöhnige Ogen vun'e Katt sünd lebennige Koehlen, un hollt dar en Rietsticken an, dat dat Füer fangen schall. Man de Katt versteiht keen Spaaß, de springt em in't Gesicht un spiggt un kleit. Do verfehrt he sik gewaltig un kriggt dat Lopen un will to de Achterdör rut. Man dar liggt de Hund, de springt tohööcht un bitt em in't Been. Un as he oever de Hoff un an'e Misspahl vörbirönnt, do gifft de Esel em noch en düchtige Pedd mit'e Achterfoot. Man de Hahn, de is vun de Radau ut'e Slaap haalt un munter wurrn, de röppt vun'e Balk dal: „Kikeriki!"

Do löppt de Röver all wat he kann t'rügg na sin Hauptmann un seggt, in dat dare Huus, dar sitt en gresige Hex, de hett em anpuust't un mit ehr lange Fingern dat Gesicht tweikleit. Un vör de Dör steiht en Keerl mit en Mess, de hett em in't Been staken. Un up'e Hoff, dar liggt en swatte Undeert, dat hett mit en holten Küül up em loshaut. Un baven up't Dack, seggt he, dar sitt de Richter, de hett rapen: „Bring mi de Schelm her!" Do hett he tosehn un kamen weg.

Vun nu an truen de Rövers sik nich mehr hen na dat Huus. Man de veer Bremer Muskanten gefallt dat dar so guut, se woe'n dar gar nich wedder rut. Un de dat toletzt vertellt hett, de is de Mund noch warm.

De Düvel mit de dree gollne Haar

Dar is mal en arme Fruu we'n, de hett en lütte Jung kregen, un de hett en Glückshuut umhatt, as he to Welt kamen is. Un do is em vörutseggt wurrn, wenn he veertein Jahr oold is, denn kriggt he de König sin Dochter to Fruu. Nu kümmt dat so, dat nich lang' darna de König in't Dörp kümmt, man keeneen hett wusst, dat dat de König is. He fraagt de Lüüd, wat dat Nües gifft, un do vertelln se em, dar is en Kind baren mit en Glückshuut um, un wat so een sik vörnehmen deit, dat glückt em. Un em is uck vörherseggt, vertelln se, mit veertein Jahr schall he de König sin Dochter to Fruu hebben. De dare König, de is leeg vun Hart we'n, un he argert sik dar oever, wat dar vörherseggt is, un do geiht he hen na de Jung sin Vadder un Mudder, deit heel fründlich un seggt, se schoe'n em man se's Kind oeverlaten, he will dar guut för sorgen. Toeerst seggen se „Nee", man de frömde Mann bütt se dar en Barg Gold för an un se denken, dat is ja en Glückskind, dat mutt ja to sin Beste we'n, un do seggen se dar „Ja" to.

De König deit dat Kind in en Schachtel un ritt dar wieder mit, bet he an en deepe Water kümmt. Dar smitt he de Schachtel rin un denkt, vun de dare Brüdigam hett he sin Dochter guut afhulpen. Man de Schachtel geiht nich ünner, de swümmt as en Boot, un dar kümmt uck nich een Drüpp Water rin. Sodennig drifft de dare Schachtel bet twee Mielen vör de König sin Stadt, dar steiht en Watermoehl, un dar blifft 'n an hängen. Un to'n Glück steiht dar jüst en Möllerknecht un ward 'n wies, he treckt 'n ran mit en Haak un meent, dar is en grote Schatz in. Man as he de Deckel afmaakt, do liggt dar en smucke lütte Jung in, de is heel frisch un munter. De Knecht bringt em na de Möllerslüüd; de hebben keen Kinner, un darum freuen se sik un seggen, de hett Gott se schickt. Se passen dat Finnelkind fein, un de Jung wasst ran to en gaadliche, feine Bengel.

Do kümmt mal de König na de Moehl, he will sik dar bi en Gewitter ünnerstellen, un do fraagt he de Lüüd, um de dare grote Jung se's Soehn is. Nee, seggen se, dat is en Finnelkind, dat is vör veertein Jahr dar andreven wurrn in en Schachtel, un de Möllerknecht hett em ut't Water trocken. Do markt de König, dat is dat Glückskind, wat he do in't Water smeten hett. Un do fraagt he de Lüüd, um de Jung nich kann en Breev na de Fru Königin bringen, he schall dar uck twee Goldstücken för kriegen as Lohn. „As de Herr König befehlen deit", seggen de Lüüd un geven de Jung Bescheed, he schall sik praat holen. Do schrifft de König en Breev an de Königin, dar steiht in, wenn de Bengel mit de dare Breev ankamen is, denn schoe'n se em foorts dootmaken un inkuhlen;, wenn he sülven wedderkümmt, schall dat allens passeert we'n.

De Jung maakt sik up'e Weg mit de dare Breev, man he verbiestert un kümmt to Avend togang' in en grote Holt. In Düüstern süht he en lütte Licht, geiht dar hen un kümmt na en lütte Kaat. As he dar rinkümmt, sitt dar en ole Fruu an't Füer ganz alleen. Se verfehrt sik, as se de Jung wies ward un fraagt em, wonem he her kümmt un wonem he hen will. He kümmt vun'e Moehl, seggt he, un he will na de Königin, he schall dar en Breev henbringen. Man he is in't Holt verbiestert, un nu wull he dar geern Nacht blieven. Do seggt de Fruu, he is in en Röverhuus kamen, un wenn de Rövers na Huus kamen, denn so murksen se em af. De Jung seggt, dar mag kamen,

94

wokeen will, he is nich bang'. Man he is so möö', he kann nich mehr wieder, un he leggt sik dal up en Bank un slöppt in. Dat duert nich lang', un de Rövers kamen an. Wat dar denn för'n frömde Bengel liggen deit, fragen se und sünd rein vergrellt. Och, seggt de Oolsch, dat is man en unschüllige Kind, he is in't Holt verbiestert, un se hett em ut Mitleed upnahmen; he schall en Breev henbringen na de Königin. De Rövers maken de Breev up un lesen 'n, un dar steiht in, de Jung schall foorts, wenn he ankümmt, dootmaakt warrn. So'n Rövers sünd ja nu würklich nich weekmödig, man do ward de Jung se doch duern, un de Hauptmann ritt de Breev twei un schrifft dar en anner een för, un dar steiht in, so draa as de Jung ankümmt, schall he mit de König sin Dochter verheiraad't warrn. Denn laten se em ruhig up'e Bank liggen bet de neegste Morrn, un as he waak wurrn is, geven se em de Breev un wiesen em de rechte Weg. Man de Königin, as se de Breev kregen un lest hett, do deit se, wat dar in steiht, se lett tostellen to en grote Hochtied, un de Königsdochter ward mit dat Glückskind tohopengeven. Un de Jung is ja smuck un fründlich, un do levt se vergnöögt un tofreden mit em.

Na en Tied kümmt de König ja wedder na sin Slott, un do süht he, dat is doch so kamen, as dat vörherseggt we'n is, un dat Glückskind hett sin Dochter to Fruu kregen. Wodennig dat togahn is, will he weeten, in sin Breev hett he doch wat ganz anners befahlen. Do langt de Königin em de Breev hen un seggt, he schall man sülven nakieken, wat dar in steiht. De König lest de Breev un markt, de is vertuuscht. He fraagt de Jung, wat dar passeert is mit de Breev, de em anvertruut we'n is, warum he dar en anner een för bröcht hett. Dar weet he nix vun, seggt de Jung, de mutt em een do vertuuscht hebben, as he de Nacht in't Holt tobröcht hett. Do ward de König dull un seggt, so licht schall em dat nich warrn. De sin Dochter hebben will, seggt he, de mutt em eerst ut'e Höll dree gollne Haar vun'e Düvel sin Kopp halen. Wenn he em de bringen deit, denn so kann he sin Dochter beholen. Sodennig, meent de König, ward he em för ümmer los. Man de Jung seggt, de gollne Haar, de will he woll halen, he is nich bang' vör de Düvel. Denn seggt he adjüs un geiht afste'.

Do kümmt he na en grote Stadt, dar fraagt de Wächter an't Door em ut, wat sin Warv is un wat he weet. He weet allens, seggt dat Glückskind. Denn schall he se doch en Gefallen doon, seggt de Wächter, un se seggen, warum se's Soot up'e Markt dröög wurrn is. Vördem hett 'n Wien geven, un nu is dar nich mal mehr Water in. Dat schoe'n se to weeten kriegen, seggt he, se schoe'n man töven, bet he wedderkamen deit.

He geiht wieder un kümmt na en anner Stadt, dar fraagt de Doorwächter em uck, wat för'n Warv he sik up versteiht un wat he weet. He weet allens, seggt he. Denn schall he se doch en Gefallen doon un se seggen wat dar los is mit de eene Boom in'e Stadt, de hett anners gollne Appeln dragen, un nu hett 'n nich mal mehr Bläder. Dat schoe'n se to weeten kriegen, seggt he, se schoe'n man töven, bet he wedderkümmt.

He geiht wieder un kümmt an en grote Water, dar mutt he roever. Do fraagt de Fährmann em, wat för'n Warv he sik up versteiht un wat he weet. He weet allens, seggt he. Denn schall he em doch en

Gefallen doon un em seggen, warum he ümmer hen un her fahren mutt, un nie nich ward he aflöst. Dat schall he to weeten kriegen, seggt he, he schall man töven, bet he wedderkümmt.

As he roever is oever dat Water, do finnt he denn uck de Ingang na de Höll. Dar binnen is dat swatt un sottig, un de Düvel is nich to Huus, man sin Grootmudder sitt dar in en breede Lehnstohl. Wat he will, fraagt se, un se kickt gar nich mal so gnadderig. He wull geern dree gollne Haar vun de Düvel sin Kopp hebben, seggt he, anners kann he sin Fruu nich beholen. Dat is vel verlangt, seggt se, wenn de Düvel na Huus kümmt un em finnen deit, denn so geiht em dat leeg. Man he duert ehr, seggt se, se will mal sehn, um se em helpen kann. Un do maakt se em to en Pissmier un seggt, he schall sik man verkrupen in'e Folen vun ehr Rock, dar is he seker. Ja, seggt he, dat is ja allens recht fein, man he wull geern noch dree Dingen weeten: Warum en Soot, de ehrdem Wien geven hett, nu dröög is un nich mal mehr Water gifft, warum en Boom, de anners gollne Appeln dragen hett, nu nich mal mehr Bläder hett un warum en Fährmann ümmer hen un her fahren mutt un nie nich aflöst ward. Dat sünd sware Fragen, seggt se, man he schall sik man still un ruhig holen un nipp uppassen, wat de Düvel seggt, wenn se em de dree gollne Haar utrieten deit.

As dat Avend ward, kümmt de Düvel na Huus. Knapp is he binnen, do markt he, de Luft is nich rein. He rüükt Minschenfleesch, seggt he, dat is hier nich richtig. Denn snoekert he in all de Ecken un söcht, man finnen deit he nix. De Grootmudder schimpt em ut: Dar is jüst eerst utfegt, seggt se, un allens uprüümt, un nu kümmt he un smitt wedder allens dör'nanner. Ümmer hett he Minschenfleesch in'e Näs, futert se, he schall sik man dalsetten un sin Avendbroot vertehren. As he eten un drunken hett, is he möö'. He leggt sin Kopp bi de Grootmudder up'e Schoot un seggt, se schall em en beten lusen. Dat duert nich lang', do is he inslapen un puust't un snorkt. Do kriggt de Oolsch een gollne Haar faat, ritt dat ut un leggt dat blangen sik. „Aua!" bölkt de Düvel, „wat schall dat?" Och, seggt de Grootmudder, se hett so'n sware Droom hatt, un do hett se em in'e Haar langt. Wat se denn dröömt hett, fraagt de Düvel. Se hett dröömt, seggt se, up en Markt, dar is en Soot, de hett anners ümmer Wien geven, man nu is 'n indröögt un gifft nich mal mehr Water. Wonem dat woll vun kamen kann. Tjä, seggt de Düvel, wenn se dat weeten dä'n! Dar sitt en Peit[1] ünner en Steen in'e dare Soot, wenn se de dootmaken, denn so löppt de Wien uck wedder.

De Oolsch luust em wedder, bet he inslöppt un snorkt, dat de Finstern kloetern. Do ritt se em dat tweete Haar ut. „Öh, wat maakst du?" futert de Düvel vergrellt. Nix för unguut, seggt se, se hett dat in'e Droom daan. Wat se denn nu wedder dröömt hett, fraagt he. Se hett dröömt, seggt se, in een Königriek, dar steiht en Appelboom, de hett anners gollne Appeln dragen, un nu hett 'n nich mal mehr Bläder. Wonem dat woll vun kamen kann. Ha, wenn se dat weeten dä'n! seggt de Düvel. An'e Wuddel, dar knabbert en Muus, wenn se de dootmaken, denn so driggt de Boom uck wedder gollne Appeln, man wenn dat Beest noch länger knabbert, denn verdröögt de Boom ganz un gar. Man nu schall se em in Ruh laten mit

---

[1] Peit = Kröte (dän. padde)

ehr Drööm, seggt he, wenn se em noch eenmal in't Slapen stören deit, seggt he, denn so kriggt se een an de Riestüten.

De Oolsch begööscht em un luust em wedder, bet he inslapen is un snorkt. Do kriggt se dat drütte gollne Haar faat un ritt dat ut. De Düvel fahrt tohööcht, bölkt un will ehr to Kleed, man se begööscht em nochmal un seggt: „Wokeen kann för leege Drööm!" Wat se denn nu wedder dröömt hett, fraagt he – nieschierig is he denn ja doch. Se hett vun en Fährmann dröömt, seggt se, de klaagt dar oever, dat he ümmer hen un her fahren mutt un ward nie nich aflööst. Wo dat woll an liggen deit? Och, de Doeskopp, seggt de Düvel, wenn een kümmt un will oeversett warrn, denn mutt he em dat Roor in'e Hand geven, denn mutt de anner oeverfahren, un he is frie. Nu hett de Oolsch em ja de dree gollne Haar utreten, un de dree Fragen sünd uck klaar, do lett se de ole Stramunkel in Ruh, un he slöppt, bet dat Dag ward.

As de Düvel wedder weg is, haalt de Oolsch de Pissmier ut'e Rockfool un maakt 'n wedder to en Minsch. „Dar hest din dree gollne Haar", seggt se, „un wat de Düvel to din dree Fragen seggt hett, dat hest ja sachs hört." Ja, seggt he, he hett dat hört un will sik dat marken. Denn is em ja hulpen, seggt se, denn kann he sik nu ja afglieden. He bedankt sik bi de Oolsch, dat se em hulpen hett in sin Noot, un he geiht rut ut'e Höll un is vergnöögt, dat em allens so fein glückt is. As he bi de Fährmann kümmt, schall he em Bescheed geven up sin Fraag, so as he dat toseggt hett. He schall em man eerstmal roever fahrn, seggt he, denn will he em vertellen, wodennig he erlööst ward. Un as se up'e anner Siet anlangt sünd, do gifft he em de Düvel sin Raat, wenn een kümmt un will oeversett warrn, denn so schall he em man dat Roor in'e Hand geven. He geiht wieder un kümmt na de Stadt, 'nem de dröge Boom steiht, dar will de Wächter uck Bescheed hebben. Do seggt he to em, so as he dat vun'e Düvel hört hett, se schoe'n de Muus dootmaken, de dar an'e Wuddel knabbert, denn kamen dar uck wedder gollne Appeln an. Do bedankt de Wächter sik, un to Lohn gifft he em twee Eseln mit, de sünd vullpackt mit Gold, de schall he man mitnehmen. Toletzt kümmt he na de Stadt, 'nem de Soot dröög is. Do seggt he to de Wächter, so as de Düvel dat seggt hett, dar sitt en Peit in'e Soot ünner en Steen, de schoe'n se söken un dootmaken, denn so löppt de Wien wedder rieklich. De Wächter bedankt sik un gifft em uck twee Eseln, vullpackt mit Gold.

Upletzt kümmt dat Glückskind wedder to Huus bi sin Fruu an, un de freut sik, as se em weddersehn deit un hört, wo fein em allens glückt is. De König bringt he, wat de verlangt hett, de Düvel sin dree gollne Haar, un as de de veer Eseln mit dat Gold wies ward, do ward he heel vergnöögt un seggt: „Nu sünd all Bedingen erfüllt, du kannst min Dochter beholen. Man segg mal, leeve Swiegersoehn, wonem hest du denn all dat Gold her?" He hett oever en Water fahren musst, seggt he, un do hett he dat mitnahmen, dat liggt dar so an't Över statts Sand. Um he sik dar woll uck wat weghalen kann, fraagt de König un is dar richtig scharp up. Sovel as he will, seggt he, dar is en Fährmann up dat Water, vun de schall he sik man roeverfahrn laten, un denn kann he up'e anner Siet sin Säcke vullmaken. De raffige König kann dat gar nich mehr aftöven un kamen afste', un as he an dat Water kümmt, do winkt he na

de Fährmann, de schall em oeversetten. De Fähr-
mann kümmt un seggt, he schall man instiegen, un
as se up'e anner Siet ankamen, do gifft he em dat
Roor in'e Hand un löppt weg. Do mutt de König vun
nu an fahren to Straaf för all sin Sünnen.

Fahrt he noch? – Wat wull anners? Dar ward em
sachs keeneen dat Roor wedder afnahmen hebben.

Disch-deck-di, Goldesel un Knüppel ut'e Sack

Dar is vör Tieden mal en Snieder we'n, de hett dree
Soehns hatt un een Zeg, anners nix. Man de Zeg, de
hett se ja all tohopen nährt mit ehr Melk, un do mutt
se ümmer gude Fudder hebben un mutt Dag för Dag
rutbröcht warrn up'e Weid. Dat doon de Soehns uck
umschichtig een na de anner. Mal bringt de öllste 'n
up'e Kirchhoff, dar wassen de feinste Krüder, un dar
lett he 'n freten un rumspringen. As dat avends Tied
is un gahn na Huus, do fraagt he: „Zeg, büst du
satt?" Un de Zeg seggt:
>   „Ik bün so satt,
>   ik mag keen Blatt,
>   mäh, mäh!"

„Denn kumm man na Huus!", seggt de Jung, kriggt
'n faat an't Tüdertau, bringt 'n in'e Stall un binnt 'n
an. „Na", seggt de ole Snieder, „hett de Zeg ehr gehö-
rige Fudder?" – „O", seggt de Jung, „de is so satt, de
mag keen Blatt." Man de Vadder will dat genau wee-
ten, geiht dal na de Stall, eit dat feine Deert un
fraagt: „Zeg, büst uck satt?" Un de Zeg seggt:
>   „Wo schull ik woll satt vun we'n?
>   Ik bün man oever'n Graven sprung'n
>   un heff uck nich een Blatt dar funnnen,
>   mäh, mäh!"

„Wat is dat?" röppt de Snieder, löppt rup un seggt to
de Jung: „Du Loegenhals, du seggst, de Zeg is satt,
un darbi hest du 'n hungern laten?" Un in sin dulle
Kopp langt he sik de El vun'e Wand un jaagt em mit
Slääg ut't Huus.

De neegste Dag is de tweete Soehn denn an'e Tour,
de söcht sik en Stä' an'e Knick, dar steiht dat vull

mit feine Krüder, un de Zeg fritt se af mit Rump un Stump. Hen to Avend, as he na Huus will, fraagt he: „Zeg, büst du satt?“ Un de Zeg seggt:

„Ik bün so satt,
ik mag keen Blatt,
mäh, mäh!“

„Denn kumm man na Huus“, seggt de Jung, treckt mit 'n na Huus un binnt 'n an in'e Stall. „Na“, seggt de ole Snieder, „hett de Zeg ehr gehörige Fudder?“ – „O“, seggt de Soehn, „de is so satt, de mag keen Blatt.“ Dar will de Snieder sik nich up verlaten, he geiht dal in'e Stall un fraagt: „Zeg, büst uck satt?“ Un de Zeg seggt:

„Wo schull ik woll satt vun we'n?
Ik bün man oever'n Graven sprung'n
un heff uck nich een Blatt dar funnnen,
mäh, mäh!“

„De verdreihte Bengel!“ bölkt de Snieder, „lett so'n feine Deert hungern!“ Un he löppt rup un haut mit'e El de Jung na de Dör rut.

Nu is denn ja de drütte Soehn an'e Tour, de will sin Saak guut maken, he söcht sik Büsche mit feine Bläder un lett de Zeg darvun freten. Hen to Avend, as he na Huus will, fraagt he: „Zeg, büst du satt?“ Un de Zeg seggt:

„Ik bün so satt,
ik mag keen Blatt,
mäh, mäh!“

„Denn kumm man na Huus“, seggt de Jung, bringt 'n na de Stall un binnt 'n an. „Na“, seggt de ole Snieder, „hett de Zeg ehr gehörige Fudder?“ – „O“, seggt de Soehn, de is so satt, de mag keen Blatt.“ De Snieder truut dat nich, geiht dal un fraagt: „Zeg, büst uck satt?“ un dat veniensche Deert seggt:

„Wo schull ik woll satt vun we'n?
Ik bün man oever'n Graven sprung'n
un heff uck nich een Blatt dar funnnen,
mäh, mäh!"
„O, wat en Loegenpack!" bölkt de Snieder. „De eene
is jüst so verlagen un nixnutzig as de anner! Ju will
ik helpen, I schoe'n mi nich mehr vernarr holen!" Un
splitterndull rönnt he na baven un neiht de stackels
Jung mit'e El so gewaltig wecken up'e Puckel, dat de
foorts rutlöppt ut't Huus.

Do is de ole Snieder alleen mit sin Zeg. De neegste
Morrn geiht he dal in'e Stall, eit de Zeg un seggt:
„Kumm, leeve Zeg, ik will di sülven up'e Weid brin-
gen." Un he kriggt 'n an't Tüdertau un bringt 'n na
gröne Knicks un mang Schrepp un wat Zegen anners
geern freten. „Dar kannst du di mal fein so satt fre-
ten, as du wullt", seggt he un lett 'n freten bet hen to
Avend. Denn fraagt he: „Zeg, büst du satt?" Un de
Zeg seggt:
„Ik bün so satt,
ik mag keen Blatt,
mäh, mäh!"
„Denn kumm man na Huus", seggt de Snieder,
bringt 'n in'e Stall un binnt 'n an. As he weggeiht,
dreiht he sik nochmal um un seggt: „So, Zeg, nu büst
du doch mal richtig satt wurrn." Man dat dare Beest
maakt dat keen Spier beter as de Daag vörher un
röppt:
„Wo schull ik woll satt vun we'n?
Ik bün man oever'n Graven sprung'n
un heff uck nich een Blatt dar funnnen,
mäh, mäh!"
As de Snieder dat hört, do is he doch verbaast, un he
markt, he hett sin Soehns wegjaagt för nix. „Tööv",

röppt he, „du verdreihte Beest, di wegjagen is noch to wenig, ik will di teeken, dat du di mang ehrliche Snieders nich mehr sehn laten kannst." Gau löppt he na baven, haalt sin Raseermess, seept de Zeg de Kopp in un raseert 'n so glatt as sin Hand. Un denn haalt he de Pietsch – de El is em dar to schaa to – un neiht 'n sodennig wecken oever, dat 'n utneiht in gewaltige Sprüng'.

As de Snieder dar nu so alleen sitten deit in sin Huus, do ward he bannig trurig un deepsinnig, un geern harr he sin Soehns wedderhatt, man he weet ja nich, wonem se afbleven sünd. De öllste is bi en Discher in'e Lehr gahn, un dar lehrt he ümmerto flietig, un as sin Tied rum is un he schall wannern, do schenkt de Meister em en lütte Disch, de süht na nix ut un is man ut eenfache Holt, man de hett wat an sik: Wenn een de henstellt un seggt: „Disch, deck di", denn liggt dar upmal en reine Dischdook up, dar steiht en Teller mit Mess un Gavel darbi, un Schötteln mit kaakte un braadne Eten, so vel as dar rupgeiht, un en grote Glas mit rode Wien schemert, dat een dat Hart in't Liev lachen deit. De junge Gesell denkt, dat langt em för't heele Leven, he treckt in'e Welt rum un is fein toweg', un he quält sik dar gar nich um, um en Kroog is guut oder leeg un um dat dar wat gifft oder nich. Wenn em dat in'e Kopp kümmt, denn kehrt he uck gar nich an, denn kriggt he up't Feld, in't Holt oder up en Wisch, wonem em dat passlich dücht, dar kriggt he sin lütte Disch vun'e Rüch, stellt 'n vör sik hen un seggt: „Disch, deck di", un denn is dar allens, wat he man hebben will.

Upletzt fallt em in, he will man t'rügg na sin Vadder, de is nu ja sachs nich mehr vergrellt, un mit de dare

Disch-deck-di nimmt he em sachs geern wedder up. Do kümmt he up'e Weg na Huus to Avend an en Kroog, de is vull mit Gäste. De heeten em wilkamen un laden em in, he schall sik man bi se dalsetten un mit se eten, anners kriggt he sachs nix. Nee, seggt de Discher, de paar Brockens will he se nich wegnehmen, se schoe'n leever sin Gäste we'n. Do lachen se un meenen, he maakt man Spaaß. Man he stellt sin lütte holten Disch merrn in'e Stuuv un seggt: „Disch, deck di." Foorts is 'n vull mit Eten, so fein, sowat harr de Kröger nie nich t'recht kriegen kunnt, un dat kettelt se arig in'e Näs, so fein rüükt dat. „Lang' to, leeve Frünnen", seggt de Discher, un as de Gäste marken, wodennig dat meent is, do laten se sik dat nich tweemal seggen, se setten sik ran, kriegen se's Messen rut un langen driest to. Un wat se an meisten wunnert, wenn een Schöttel leddig is, denn stellt sik dar foorts ganz vun alleen en vulle een wedder hen.

De Kröger steiht in een Eck un kickt sik dat Spelwark an. He weet gar nich, wat he seggen schall, man he denkt, so'n Kock, de kunn he fein bruken in sin Kroog. De Discher un sin Sellschop sünd lustig bet laat in'e Nacht, man toletzt gahn se doch slapen, un de junge Gesell geiht uck to Bett un stellt sin lütte Wünschdisch an'e Wand. Man de Kröger lett dat keen Ruh, em fallt in, he hett in sin Rumpelkamer en ole Disch stahn, de süht jüst so ut. De haalt he sachten rut un vertuuscht 'n mit de Wünschdisch. De neegste Morrn betahlt de Discher sin Slaapgeld, kriggt sin Disch up'e Nack, denkt dar ja gar nich an, dat dat en verkehrte een we'n kunn, un treckt afste'.

To Middag kümmt he bi sin Vadder an, un de heet em vull Freud willkamen. Wat he denn lehrt hett, fraagt he. He is Discher wurrn, seggt sin Soehn. Dat is en gude Handwark, seggt de Vadder, man um he uck wat mitbröcht hett vun sin Wannerschaft. Dat Beste, wat he mitbröcht hett, seggt he, dat is de dare Disch. De Snieder kickt sik de vun all Sieden an, un denn seggt he: „Dar hest du jüst keen Meisterstück mit maakt, dat is ja en ole Disch, de döcht nix." Man dat is en Disch-deck-di, seggt de Soehn, wenn he de henstellt un seggt, 'n schall sick decken, denn steiht dar foorts dat feinste Eten up un leckere Wien darbi. He schall man all Verwandten un Frünnen inladen, de schoe'n sik mal fein plegen, denn de dare Disch maakt se all satt. As de Sellschop tohopen is, stellt he de Disch merrn in'e Stuuv un seggt: „Disch, deck di!" Man de Disch roegt sik nich un blifft so leddig as elkeen anner Disch, de de Spraak nich versteiht. Do markt de stackels Gesell, de Disch is vertuuscht, un he schaamt sik, dat he nu darsteiht as Loegenhals. Man de Frünnen, de lachen em wat ut un moeten ahn Natt un Dröög wedder na Huus tüffeln. De Vadder kriggt wedder sin Plünnen her un sniedert, un sin Soehn geiht bi en Meister in Arbeit.

De tweete Soehn is na en Möller kamen un hett dar lehrt. As he sin Tied rum hett, seggt de Meister, wo he sik so fein holen hett, do will he em en Esel schenken, man de treckt nich un slept uck keen Säcke. To wat 'n denn doegen deit, fraagt de junge Gesell. De spiggt Gold, seggt de Möller, wenn he 'n up en Dook stellen deit un seggt „Bricklebrit", denn spiggt dat Deert em Goldstücken ut, vörn un achtern. Dat is ja en feine Saak, seggt de Gesell, bedankt sik un treckt rut in'e Welt. Wenn he Geld nödig hett, denn mutt he blots „Bricklebrit" to sin Esel seggen, un denn regent dat Goldstücken, un de eenzige Mars, de he hett, is, he mutt dat Geld upsammeln. Wonem he uck henkümmt, is em dat Beste jüst guud nugg, jo dürer, jo beter, he kann't ja betahlen.

As he sik en Tiedlang in'e Welt umkeken hett, denkt he, he mutt doch man mal sehn, wat sin Vadder maakt. Wenn he mit de dare Goldesel kümmt, denn is he sachs nich mehr dull up em un nimmt em guut up. As de Tofall dat will, kümmt he na desülve Kroog, 'nem sin Broder de Disch vertuuscht wurrn is. He ledd't sin Esel an'e Hand, un de Kröger will em dat Deert afnehmen un anbinnen, man he seggt, nee, de bringt he sülven in'e Stall un binnt 'n an, he mutt weeten, wonem 'n steiht. As he dat daan hett, fraagt he de Kröger, wat he antobeeden hett, un seggt, he schall man dat Beste up'e Disch kriegen. De Kröger maakt grote Ogen, he meent, een, de sin Esel sülven passen mutt, de hett uck nich recht wat in'e Melk to krömen. Man as de Frömde in'e Tasch langt un gifft em twee Goldstücken för un kopen in, do löppt he gau los un söcht dat Beste, wat dar to kriegen is. As de Gast ferdig is mit Eten, fraagt he de Kröger, wat he schüllig is. Aah, seggt de Kröger, en paar Goldstücken mutt he noch toleggen. De Gesell langt in'e Tasch, man do is sin Geld jüst all. „Tööv en Ogenblick, Kröger", seggt he, „ik will blots even Geld halen", un nimmt dat Dischdook un geiht rut. De Kröger wunnert sik ja, wat dat to bedüden hett, un do geiht he em sachten achterna un süht, de anner geiht rin in'e Stall un schottet to. Do pliert he dör en Knastlock in'e Stalldör. De Frömde spreed't dat Dischdook ut ünner sin Esel un seggt „Bricklebrit", un foorts fangt dat Deert an un spiggt Goldstücken, vörn un achtern, dat kloetert man so up't Dischdook. „Verdorig!" seggt de Kröger, „so'n Geldbüdel laat ik mi gefallen!" De Gast betahlt sin Reken un geiht to Bett, man de Kröger sliekert sik bi Nacht dal in'e Stall, haalt de Goldesel weg un binnt dar en anner Esel för an. De neegste Morrn treckt de Gesell mit sin Esel afste' un meent, he hett sin Goldesel, man he hett ja en anner een.

To Middag kümmt he bi sin Vadder an, un de freut sik un sehn em wedder un nimmt em geern up. „Wat is ut di wurrn, min Soehn?" fraagt de Ole. He hett Möller lehrt, seggt he. Wat he denn mitbröcht hett vun sin Wannerschaft, fraagt de Vadder denn. Blots en Esel, seggt he. Esels gifft dat hier nugg, seggt de Ole, do weer em en gude Zeg leever we'n. „Tja-a", seggt de Soehn, „dat is man keen gewöhnliche Esel, dat is en Goldesel. Wenn ik segg: ‚Bricklebrit', denn spiggt 'n mi en ganze Dook vull mit Goldstücken. Laat man unse heele Fründschop kamen, denn maak ik se all to rieke Lüüd." Dat lett he sik gefallen, seggt de Snieder, denn bruukt he sik nich mehr mit de Nadel aftiern, un he löppt sülven los un haalt de Fründschop tohopen. As se all dar sünd, seggt de Möller, se schoe'n mal Platz maken, spreed't dat beste Dook in't Huus ut up'e Del, un denn haalt he sin Esel rin un stellt 'n dar up. „Nu pass up!" seggt he, un denn röppt he: „Bricklebrit!" Man wat dar dalfallt, dat sünd keen Goldstücken. As dat lett, versteiht dat Deert gar nix vun de dare Kunst, denn nich elkeen Esel bringt dat so wied. Do maakt de stackels Möller en lange Gesicht un markt, he is anscheten. He entschülligt sik bi de Fründschop, un de moeten jüst so arm na Huus gahn, as se kamen sünd. Un dat helpt nich, de Ole mutt wedder bi mit de Nadel, un de Jung mutt bi en Möller in Deenst gahn.

De drütte Broder is bi en Blockdreiher in'e Lehr gahn un mutt an längsten lehren. Man sin Bröder hebben em in en Breev schreven, wo leeg se dat gahn hett un wodennig de Kröger se noch de letze Avend um se's Wünschdinger bröcht hett. As de Blockdreiher nu utlehrt hett un schall wannern, do schenkt sin Meister em, darum dat he sik so guut maakt hett, en Sack un seggt, dar is en Knüppel in. Ja, seggt de Gesell, de Sack, de kann he sik ja umhängen, man wat schall de Knüppel dar in, de maakt 'n ja blots swaar. Dat will he em vertellen, seggt de Meister, wenn em een wat daan hett, denn mutt he blots seggen: „Knüppel ut'e Sack", un denn springt de Knüppel rut mang de Lüüd un danzt se so lustig up'e Puckel rum, dat se sik acht Daag nich rippen un roegen koenen, un de hollt nich ehrer up, as bet he seggt: „Knüppel in'e Sack." De Gesell bedankt sik un hängt sik de Sack um, un wenn em nu een to neeg kümmt un will em to Kleed, denn seggt he: „Knüppel ut'e Sack", un foorts kümmt de Knüppel rut un kloppt een na de anner de Jack oder de West foorts up'e Puckel ut un töövt nich eerst, bet he 'n uttrocken hett. Un dat geiht so gau, ehrer een sik dat versüht, is he all an'e Reeg.

De junge Blockdreiher kümmt hen to Avend bi de Kroog an, 'nem sin Bröder anscheten wurrn sünd. He leggt sin Ranzel vör sik up'e Disch un fangt an un vertellt, wat he allens för gediegene Saken in'e Welt sehn hett. „Ja", seggt he, „een finnt sachs mal en Disch-deck-di, en Goldesel un all sowat, all feine Saken, de nich jüst ring sünd, man dat is allens nix gegen dat, wat ik dar in min Sack heff." Do spielt de Kröger de Ohren up. „Wat um allens in'e Welt mag dat we'n?" denkt he. „Dar sünd sachs luder Eddelsteens in. De schull ik man uck noch hebben, all gude Dingen sünd dree." As dat Betttied is, leggt de Gast sik up'e Bank un bruukt sin Sack as Koppkissen. As de Kröger nu meent, sin Gast slöppt fast, do geiht he bi un ruckelt un treckt ganz sachten un vörsichtig an'e Sack, vellicht kann he 'n ja ruttrecken un en anner een ünnerleggen. Man dar hett de Blockdreiher ja blots up luert, un as de Kröger nu en düchtige Ruck maken will, do röppt he: „Knüppel ut'e Sack!" Do kümmt de Knüppel rut un geiht de Kröger to Liev un versahlt em dat Ledder, dat hett man so'n Aart. De Kröger ward bölken to'n Erbarmen, man jo duller he bölkt, jo duller haut de Knüppel em dar de Takt to up'e Rüch, bet he toletzt umfallt un kann nich mehr. Do seggt de Blockdreiher, wenn he de Disch-deck-di un de Goldesel nich wedder rutgifft, denn so fangt de Danz vun frischen an. Oh, blots dat nich, seggt de Kröger un is ganz lütt, he will allens geern wedder hergeven, he schall man blots de dare verdreihte Düvel wedder in'e Sack krupen laten. Do seggt de Gesell, he will mal nich so we'n, man he schall sik för Schaden wahren. Denn seggt he: „Knüppel in'e Sack" un lett 'n still liggen.

De neegste Morrn treckt de Blockdreiher mit de Disch-deck-di un de Goldesel na Huus na sin Vadder. De Snieder freut sik to un sehn em wedder un fraagt em uck, wat he in'e Frömm lehrt hett. He is Blockdreiher wurrn, seggt he. Dat is en künstliche Handwark, seggt de Vadder, wat he denn mitbröcht hett vun sin Wannerschaft. En kostbare Stück, seggt de Soehn, en Knüppel in'e Sack. „Wat", röppt de Vadder, „en Knüppel? Dat lohnt sik uck jüst! De kannst di ja vun elkeen Boom afhauen!" Man so een nich, seggt de Soehn, wenn he seggt: „Knüppel ut'e Sack", denn so springt de Knüppel rut un maakt en böse Danz mit de, de dat nich guut mit em meent, un 'n lett nich na, bet de anner an'e Grund liggt un um guut Weder beden deit. „Kiek mal", seggt he, „mit düsse Knüppel heff ik de Disch-deck-di un de Goldesel wedderkregen, de de Hallunk vun Kröger min Bröder afnahmen harr. Nu laat se man beid kamen un laa' de heele Fründschop in, se schoe'n rieklich Eten un Drinken hebben, un kriegen uck noch de Taschen vull Geld maakt." De ole Snieder will dat nich recht truen, man he haalt doch de Fründschop tosamen. Do spreed't de Blockdreiher en Dook in'e Stuuv, haalt de Goldesel rin un seggt to sin Broder: „So, leeve Broder, nu snack mit 'n." De Möller seggt: „Bricklebrit", un foorts kloetern de Goldstücken up dat Dook dal, as weer dat en Platzregen, un de Esel hollt nich up, bet se all so vel hebben, dat se nich mehr drägen koenen. (Tjä, dar weerst du sachs uck geern bi we'n, wa'?) Denn haalt de Blockdreiher de Disch un seggt: „Leeve Broder, nu snack mit 'n." Un knapp hett de Discher „Disch, deck di" seggt, do is 'n uck al deckt mit de feinste Schötteln. Do gifft dat en Mahltied, so een hett de Snieder in sin Huus noch nich belevt, un de heele Fründschop blifft tohopen bet in'e Nacht, un all sünd se lustig un vergnöögt. De Snieder packt Nadel un Tweern, El un Plättiesen in en Schapp un slütt 'n af un levt mit sin dree Soehns in Freuden un Herrlichkeit.

Man wonem is de Zeg afbleven, de hett dar ja de Schuld an, dat de Snieder sin Soehns wegjaagt hett? Dat will ik di seggen. De hett sik schaamt för ehr kahle Kopp un is in en Vosslock krapen. As de Voss na Huus kümmt, do gloesen em twee grote Ogen an ut'e Düüsternis, un he verfehrt sik un löppt wedder weg. Do bemött he de Baar, un de markt, de Voss is heel un deel dör de Wind, un he fraagt em, wat los is mit em, wat he för'n Gesicht maakt. Och, seggt de Rode, dar sitt en gresige Deert in sin Höhl un hett em mit fürige Ogen angluupt. Dat woe'n se gau utdrieven, seggt de Baar, geiht mit de Voss na sin Lock un kickt dar rin. Man as he de glöhnige Ogen süht, kriggt he dat uck mit de Angst; he will mit dat dare gresige Deert nix to doon hebben un knippt ut. Do bemött he de Imm, un de markt ja, he is nich guut toweg', un do seggt se, he maakt ja en bannig verdreetliche Gesicht, wonem denn sin Lustigkeit afbleven is. „Du kannst snacken", seggt de Baar, „dar sitt en gresige Deert mit Gluupogen in'e Rode sin Huus, un wi kriegen dat nich rutjaagt." Do seggt de Imm: „Baar, du duerst mi. Ik bün ja man en lütte, flaue Deert, wat I anners nich mit'e Mors ankieken doon, man ik denk doch, ik kann ju helpen." Do flüggt 'n rin in't Vosslock, sett sik bi de Zeg up'e kahlraseerte Kopp un stickt 'n so degern, de Zeg jumpt hooch, bölkt „Mäh, mäh!" un neiht af as nich klook, rut in'e Welt. Un keeneen weet bet nu, wonem 'n henlapen is.

Doornrööschen[1]

Dar is vör lange Tieden mal en König we'n un en
Königin, de hebben woll elkeen Dag seggt: „Och,
harrn wi doch man en Kind!", man nie nich hebben
se een kregen. Do, eenmal, as de Königin bi is un
baden, do krabbelt dar en Hoppetuuts ut't Water an
Land un seggt, ehr Wunsch schall wahr warrn, noch
ehrer een Jahr vergeiht, schall se en lütte Deern
hebben. Un wat de Hoppetuuts seggt hett, dat ward
uck wahr, un de Königin kriggt en Deern, de is so
smuck, de König kann sik gar nich wedder inkriegen
un stellt to to en grote Fest. Dar laad't he nich blots
sin Verwandtschaft, Frünnen un Bekannten to in,
nee, uck de Witte Fruuns, dat se doch man dat Kind
guut un fründlich sinnt sünd. Nu gifft dat dar dör-
tein vun in sin Riek, un he hett man twölf gollne
Tellern, 'nem se vun eten schoe'n, un do mutt een
vun se to Huus blieven.

Dat Fest ward fiert mit grote Stahoi, un as dat to
Enne is, do kamen de Witte Fruuns mit se's Wunner-
geschenken vördag. De eene schenkt ehr Doegd, de
anner Schönheit, de drütte Riekdom, un sodennig
allens, wat 'n sik man wünschen kann. Ölben vun se
hebben jüst se's Sproek seggt, do kümmt upmal
Nummer dörtein rin. Se will se dat t'rüggbetahlen,
dat se nich is inladen wurrn. Se seggt nich gu'n Dag
un nix un kickt uck keeneen an, se röppt blots luut,
wenn se föfftein Jahr oold ward, denn schall de Kö-
nigsdochter sik an en Spinnel steken un doot umfal-
len. Anners seggt se nix, se dreiht sik kort um un
geiht wedder rut. All verfehrn se sik, do kümmt
Nummer twölf vör, de hett ja ehr Wunsch noch

---

[1] „Doornröö-schen" (nicht: „Doornröös-chen"!)

oever. Nu kann se de leege Sproek ja nich upheven, man blots en beten afmöten, un do seggt se, se schall nich doot we'n, se schall blots hunnert Jahr fast slapen.

De König will sin leeve Dochter ja geern vör dat Mallör wahren, un do gifft he Order, all de Spinneln in't heele Riek schoe'n upbrennt warrn. Man wat de Witte Fruuns ehr geven hebben, dat ward an'e Deern allens wahr, denn se is so smuck, aardig, fründlich un klook, elkeen, de ehr blots ankieken deit, mutt ehr eenfach leev hebben. Upletzt ward se denn ja föftein, man de Dag sünd de König un sin Fruu nich to Huus, un de Deern is ganz allen in't Slott bleven. Do snoekert se oeverall rum, bekickt sik Stuven un Kamern, so as ehr dat jüst in'e Kopp kümmt, un toletzt kümmt se na en ole Toorn. Se geiht de smalle Wenneltrepp rup un kümmt an en lütte Dör. In't Dörslott stickt en rustige Sloetel, de dreiht se um, un de Dör springt up. Do sitt dar in en lüerlütte Stuuv en ole Fruu mit en Spinnel un is flietig bi un spinnen ehr Flass. De Königsdochter seggt ehr fründlich „Gu'n Dag" un fraagt, ehr, wat se dar maken deit. Se spinnt, seggt de Oolsch un nickt mit'e Kopp. Wat dat denn för'n Ding is, fraagt de Deern, wat dar so lustig rumspringen deit, un se kriggt de Spinnel faat un will uck spinnen. Man knapp hett se dat Ding faatnahmen, do ward de Sproek wahr, un se stickt sik dar in'e Finger mit.

Un foorts, as se de Stick markt, fallt se dal up dat Bett, wat dar steiht, un is uck al fast inslapen. Un de dare Slaap spreed't sik oever't heele Slott: De König un de Königin sind jüst na Huus kamen un in'e Saal gahn, do fallen se de Ogen to, un se slapen in, un de heele Hoffstaat mit. Denn slapen uck de Perde in'e

Stall, de Hünne up'e Hoff, de Duven up't Dack, de Fleegen an'e Wand. Sogar dat Füer up'e Herd ward still un slöppt in, de Braa in'e Pann brutzelt nich mehr, un de Kock, de hett jüst de Koekenjung, de wat verkehrt maakt hett, de Ohren lang trecken wullt, de lett em los un slöppt. Un de Wind leggt sik, un an'e Böme vör't Slott roegt sik keen Blatt mehr.

Rund um't Slott wasst en Doorntuun tohööcht, de ward Jahr för Jahr höger un treckt sik um't heele Slott un wasst dar oever rut, een kann dat Slott al gar nich mehr sehn, nich mal de Fahn up't Dack. Man in't Land ward vertellt vun'e smucke Doorn-rööschen – sodennig ward de Königsdochter nöömt – un do kamen dar vun Tied to Tied Königssoehns un woe'n dör de Tuun rin na't Slott. Man dar ward nix vun, de Doorns holen fast tosamen, so as harrn se Hänne, un de Jungkeerls blieven dar in hängen un kamen dar jämmerlich to Dode.

Na lange Jahren kümmt wedder mal en Königssoehn in't Land, un do hört he, en ole Mann vertellt vun de dare Doorntuun, dar schall en Slott achter stahn, un dar binnen slöppt al sörre hunnert Jahr en bannig smucke Königsdochter, Doornrööschen heet se, un mit ehr de König un de Königin un de heele Hoff-staat. He weet uck vun sin Opa, dar sünd al en Barg Königssoehns kamen un hebben versöcht un kamen dar dörch, man se sünd dar in hängen bleven un elennig verreckt. Do seggt de Jungkeerl, he is nich bang', he will hen un sehn de smucke Doornröö-schen. De Ole mag em afraden, sovel as he will, he hört dar nich na.

Man do sünd de hunnert Jahr jüst um, un de Dag is dar, dat Doornrööschen wedder waak warrn schall.

As de Königssoehn henkümmt na de Doorntuun, do sünd dat luder smucke Blöme, de gahn vun alleen ut'nanner un laten em dörch un doon em nix, un achter em gahn se wedder tosamen as Tuun. Up'e Slotthoff süht he de Perde un Jagdhünne, de liggen dar un slapen, up't Dack sitten de Duven un hebben de Kopp ünner de Flünken. Un as he in't Huus rin- kümmt, do slapen de Fleegen an'e Wand, de Kock in'e Koek hollt noch de Hand so, as wull he de Jung anfaten, un de Deern sitt vör dat swatte Hoehn, dat schall ruppt warrn. Do geiht he wieder un süht in'e Saal de heele Hoffstaat liggen un slapen, un baven bi de Thron liggen de König un de Königin. Do geiht he noch wieder, un allens is boomstill, he kann sin eeg- ne Aten hören, un toletzt kümmt he na de Toorn un maakt de Dör up na de lütte Stuuv, 'nem Doorn- rööschen slapen deit. Dar liggt se un is so smuck, he kann sin Ogen gar nich wegkriegen vun ehr, un do böögt he sik dal un drückt ehr een up. As he an ehr Lippen kümmt, maakt Doornrööschen de Ogen up, ward waak un kickt em heel fründlich an. Do gahn se tohopen dal, un de König ward waak un de Köni- gin un de heele Hoffstaat, un all kieken sik mit grote Ogen an. De Perde up'e Hoff stahn up un schüddeln sik. De Jagdhünne springen up un wackeln mit'e Steert. De Duven up't Dack trecken de Köppe ünner de Flünken rut, kieken sik um un fleegen in't Feld. De Fleegen an'e Wänne krabbeln wieder. Dat Füer in'e Koek kümmt hooch, flackert un kaakt dat Eten, de Braa fangt wedder an un brutzelt. De Kock langt de Jung een an'e Riestüten, dat he blarrt, un de Deern ruppt dat Hoehn ferdig. Un do ward de Kö- nigssoehn sin Hochtied mit Doornrööschen mit grote Stahoi fiert, un denn hebben se vergnöögt mit'n- anner levt, bet se upletzt dootbleven sünd.

König Drusselbaart

Dar is mal en König we'n, de hett en Dochter hatt, de is oever de Maten smuck we'n, man darbi so stolt un grootsnutig, ehr is keen Frier guut nugg we'n. Een na de anner hett se en Korf geven, un denn hett se uck noch ehr Spijöök dreven mit se. Mal lett de König tostellen to en grote Fest, un dar laad't he vun oeverall her de Mannslüüd to in, de geern heiraden woe'n. Se warrn all upstellt na Rang un Stand: Eerst kamen de Königs, denn de Hartoeg, de Försten, Grafen un Frieherrn, toletzt de Eddellüüd. Denn gahn se mit de Königsdochter dör de Reegen, man nich een is ehr topass. De eene is ehr to dick: „So'n Beertunn", seggt se. De anner is ehr to lang: „Lang un swank hett keen Gang." De drütte is ehr to kort: „Kort un dick hett keen Schick." De veerte is ehr to bleek: „De blasse Dod." De föffte is ehr to root: „So'n Kalekutenhahn!" De sösste is ehr nich graad nugg: „Gröne Holt, achter'n Aben dröögt." Un sodennig hett se bi elkeen wat bi, man vör allen maakt se sik lustig oever de eene König, de steiht ganz baven, un de is dat Kinn en beten krumm wussen. „Och herrje", röppt se un lacht, de hett ja en Kinn as de Drussel en Snabel!" Un vun de Tied an heet he bi ehr blots noch Drusselbaart.

De ole König süht, sin Dochter deit nix as ehr Spijöök drieven mit de Lüüd, un nich een vun de Friers, de dar tosamen stahn, is ehr na de Mütz, un do ward he vergrellt un swört en düre Eed, se schall de eerste beste Bedelmann to Mann kriegen, de an sin Dör kamen deit. En paar Daag later steiht dar en Spelmann ünner't Finster un singt, dat he sik vellicht en paar Penn darmit verdeenen kann. As de König dat hört, lett he em rupkamen. Do kümmt de Spelmann

rin in sin schietige Plünnen un singt vör de König un
sin Dochter, un as he ferdig is, fraagt he um en paar
Gröschens. Do seggt de König, sin Singen hett em so
guut gefullen, he will em sin Dochter to Fruu geven.
De Königsdochter verfehrt sik, man de König seggt,
he hett dar nu mal en Eed up daan, se schall de eers-
te beste Bedelmann kriegen, un de dare Eed will he
uck holen. Dar helpt keen „leeve Vadder", de Prees-
ter ward haalt, un se ward foorts mit de Spelmann
tohopen geven. As dat daan is, seggt de König, dat
schickt sik nich, dat se as Bedelwief noch in sin Slott
blieven deit, se kann man foorts wegtrecken mit ehr
Mann."

De Bedelmann nimmt ehr an'e Hand, un se mutt to
Foot afste' mit em. Do kamen se in en grote Holt to-
gang', un do fraagt se:

    „Och, wokeen hört dat hiere feine Holt?"
    „Dat hört de König Drusselbaart;
    harrst em nahmen, denn weer et din!"
    „Ik stackels Jumfer zaart,
    och, harr'k man nahmen de König Drussel-
        baart!"

Darna kamen se oever en Wisch, do fraagt se wed-
der:

    „Wokeen hört de dare feine gröne Wisch?"
    „De hört de König Drusselbaart;
    harrst em nahmen, denn weer 'n din!"
    „Ik stackels Jumfer zaart,
    och, harr'k man nahmen de König Drussel-
        baart!"

Denn kamen se dör en grote Stadt, do fraagt se wed-
der:

    „Wokeen hört de hiere feine grote Stadt?"

„De hört de König Drusselbaart;
harrst em nahmen, denn weer 'n din!"
„Ik stackels Jumfer zaart,
och, harr'k man nahmen de König Drussel-
baart!"

Dat passt em nich, seggt de Spelmann, dat se üm-
merto will en anner Mann hebben, um he ehr vel-
licht nich guut nugg is. Toletzt kamen se an en ganz
lütte Kaat, do seggt se:
„Och Gott, wat is de Kaat so kleen!
Wokeen sin Kaback mag dat woll we'n?"

De Spelmann seggt, dat is sin un ehr Huus, dar wah-
nen se tosamen in. Se mutt sik rein duuken för un
kamen rin dör de siede Dör. Wonem denn de Deeners
sünd, fraagt de Königsdochter. Wat Deeners! seggt
de Bedelmann, wat se daan hebben will, dat mutt se
al sülven doon. Se schall man foorts Füer anmaken
un Water upsetten, dat se em sin Eten kaakt; he is
heel möö'. Man de Königsdochter versteiht nix vun't
Füeranmaken un nix vun't Kaken, un de Bedelmann
mutt sülven mit bi, dat dat man so even geiht. As se
dat beten Kost vertehrt hebben, leggen se sik to Bett.
Man de neegste Morrn smitt he ehr al ganz fröh rut,
se schall sik um'e Huusstand kümmern. Sodennig
leven se en paar Daag so leidig un vertehren, wat se
hebben. Denn seggt de Mann, sodennig geiht dat
nich, se tehren, man se verdeenen nix. Se schall man
Körv flechten. He geiht los un snitt Wicheln un
bringt de na Huus. Do fangt se an un flechtet, man
de harde Wicheln steken ehr de fiene Hänne twei.
He kann sehn, dat geiht nich, seggt ehr Mann, se
schall man leever spinnen, vellicht kann se dat ja
beter. Do sett se sik dal un versöcht un spinnen, man
de harde Faden snitt ehr in'e weeke Fingern, dat dat

120

Bloot man so dallöppt. „Sühst woll", seggt de Mann, „du döchst to keen Arbeit, mit di bün ik leeg anka- men." Nu will he dat mal versöken un fangen en Hannel an mit Pütte un Kruken. Se schall sik man up'e Markt setten un ehr Puttguut anbeeden. Oha, denkt se, wenn dar up'e Markt nu Lüüd kamen ut ehr Vadder sin Riek un sehn ehr dar sitten un han- neln, wat warrn de ehr utlachen! Man dat helpt nich, se mutt dat doon, wenn se nich verhungern schoe'n. Dat eerste Mal geiht dat guut, smuck as se is, neh- men de Lüüd dat Fruunsminsch geern ehr Waar af un betahlen, wat se föddern deit. Wecken geven ehr sogar dat Geld, un se kann de Pütte beholen. Nu leven se vun ehr Innahm, so lang' as't duert, denn hannelt ehr Mann wedder en Barg nüe Geschirr in. Dar sett se sik an'e Eck vun'e Markt mit un stellt dat um sik rum un bütt dat an. Do kümmt dar upmal en besapene Husar anjaagt un ritt liek rin in'e Pütte, un allens springt in dusend Schören. Do ward se weenen un weet för Angst nich, wat se maken schall. Och, wo ehr dat woll gahn ward, röppt se, wat ehr Mann dar woll to seggen ward. Se löppt na Huus un vertellt em dat Mallör. „Wokeen sett sik uck an'e Eck vun'e Markt mit Puttguut", seggt de Mann. Man se schall man dat Blarrn nalaten, seggt he, he kann al sehn, to en ornliche Arbeit is se nich to bruken. Un do is he up'e König sin Slott we'n un hett dar fraagt, um se nich koenen en Koekendeern bruken, un se hebben em toseggt, se woe'n ehr nehmen. Darför kriggt se frie Eten.

Nu ward de Königsdochter denn Koekendeern un mutt de Kock to Hand gahn un de ringste Arbeit doon. Se maakt sik in beide Taschen en lütte Putt fast, dar bringt se in na Huus, wat se vun dat todeelt kriggt, wat dar oever is, un dar leven se vun. Nu schall de König sin öllste Soehn sin Hochtied fiern, un do geiht de stackels Fruu rup un stellt sik an'e Saaldör, se will en beten tokieken. As denn de Lichten anfengt sünd, un de Lüüd kamen rin, een ümmer smucker as de anner, un allens is een Pracht un Staat, do denkt se dar mit trurige Hart an, wo ehr dat geiht, un se verflöökt ehr Stolt un Oevermoot, de ehr dalduukt hebben un in so'n grote Armoot bröcht. Vun dat feine Eten, wat dar rin- un rutdragen ward, un wo de Ruch vun ehr in'e Näs keddelt, dar smieten de Deeners ehr af un to mal en paar Brockens vun to, de deit se in ehr lütte Pütte un will se mit na Huus nehmen.

Upmal kümmt de Königssoehn rin, kleedt in Sammt un Sied un mit gollne Keden um'e Hals. Un as he dar de smucke Fruu in'e Dör stahn süht, do kriggt he ehr bi de Hand un will mit ehr danzen, man se will nich, un se verfehrt sik, denn se süht, dat is de König Drusselbaart, de um ehr anholen hett un de se mit Spott un Spee t'rüggwiest hett. Man dat helpt ehr nix, he treckt ehr rin up'e Saal. Do ritt dat Band, 'nem ehr Taschen an hängen, un de Pütte fallen rut, un de Supp löppt langs de Del un de Brockens kullern in'e Saal rum. Un as de Lüüd dat sehn, gifft dat een Lachen un Spijöök, un se schaamt sik sodennig, se weer an leevsten Dusend Faden deep in'e Grund sackt. Se löppt ut'e Dör un will weg, man up'e Trepp haalt en Mann ehr in un bringt ehr t'rügg. Un as se henkieken deit, do is dat wedder de König Drusselbaart. He snackt ehr fründlich an un seggt, se schall man nich bang' we'n: He un de Spelmann, mit de se in'e ringe Kaat wahnt hett, sünd een un desülve. Ehr to Leev hett he sik sodennig verstellt, un he is uck de

Husar we'n, de ehr de Pütte tweireden hett. Dat hett he allens daan, wiel dat he ehr stolte Sinn bögen un ehr för ehr Grootsnutigkeit strafen wull, mit de se ehr Spijöök mit em dreven hett. Do ward se ganz dull weenen un seggt, se hett em grote Unrecht daan, un se is dat nich weert un we'n sin Fruu. Man he seggt, se schall sik man wedder inkriegen, de leege Daag sünd vörbi, nu woe'n se man se's Hochtied fiern. Do kamen de Kamerfruuns un trecken ehr dat feinste Tüüg an, un ehr Vadder kümmt un de heele Hoff, un se wünschen ehr Glück to ehr Hochtied mit de König Drusselbaart, un do geiht de rechte Freud eerst los. Ik wull, du un ik, wi weern dar uck mit bi we'n.

Sneewitt

Dat is mal merrn in'e Winter we'n, un de Snee-
flocken sünd vun'e Heven dalfullen as Feddern, do
hett en Königin an't Finster seten un hett neiht, un
de Finsterrahmen is vun swatte Ebenholt we'n. Un
as se dar so neiht un mal hoochkickt na de Snee, do
stickt se sik in'e Finger, un do fallen dree Blootdrüp-
pen in'e Snee. Un dat Rode in'e witte Snee süht so
fein ut, do denkt se, wenn se doch man en Kind harr
so witt as Snee, so root as Bloot un so swatt as dat
Holt an'e Finsterrahmen. Nich lang' darna kriggt se
würklich en lütte Deern, de is so witt as Snee, so root
as Bloot un hett Haar so swatt as Ebenholt, un do
nömen se ehr Sneewitt. Man knapp, dat de Deern
baren is, do blifft de Königin doot.

Na en Jahrs Tied nimmt de König sik denn en anner
Fruu wedder. Dat is en smucke Fruu, man se is stolt
un grootsnutig, un se kann dat nich af, wenn anners
een womoeglich smucker is as se. Se hett en afsün-
nerliche Speegel, wenn se sik darvör henstellt un
kickt sik dar in an, denn seggt se:
    „Speegel, Speegel an'e Wand,
    'keen is de Smuckste in't heele Land?",
un denn seggt de Speegel:
    „Fru Königin, I sünd de Smuckste in't Land."
Denn is se tofreden, denn se weet, de Speegel seggt
de Wahrheit.

Man Sneewitt wasst ran un ward ümmer smucker,
un as se soeven Jahr oold is, do is se so smuck as de
klare Dag un smucker as de Königin sülven. As de
nu mal ehr Speegel fragen deit:
    „Speegel, Speegel an'e Wand,
    'keen is de Smuckste in't heele Land?",

do seggt de:
„Fru Königin, I sünd de Smuckste hier,
man Sneewitt is dusendmal smucker as I."

Do verfehrt de Königin sik un ward gel un grön vör Afgunst. Vun do an, wenn se Sneewitt seh'n deit, denn dreiht sik ehr dat Hart in't Liev, se kann un kann de Deern nich utstahn. Un de Afgunst un de Grootsnutigkeit wassen as Unkruut in ehr Hart ümmer höger, un se hett Dag un Nacht keen Ruh mehr. Do lett se en Jäger kamen un seggt to em, he schall de Deern rutbringen in't Holt, se kann un kann ehr nich mehr up't Fell kieken. He schall ehr dootmaken, un to Bewies schall he ehr Lung un ehr Lever mitbringen. De Jäger pareert un bringt ehr hen, man as he sin Knief al in'e Hand hett un will ehr dootmaken, do ward se weenen un seggt, he schall ehr doch man an't Leven laten, se will rinlopen in't Holt un will uck nie nich wedder na Huus kamen. Un wo se so smuck is, do ward se de Jäger leed doon, un do seggt he, denn schall se man tolopen. He denkt, de wille Deerten freten ehr sachs bald up, man em is doch en bannige Steen vun't Hart fullen, dat he ehr nich dootmaken mutt. Un do kümmt dar jüst en junge Wildswien anlapen, dat stickt he doot, nimmt Lung un Lever rut un nimmt de mit as Bewies för de Königin. De Kock mutt se in Solt kaken, un dat leege Wief fritt se up un meent, se hett Sneewitt ehr Lung un Lever upeten.

Do is de stackels Deern denn heel alleen in't grote Holt, un se ward so bang', se kickt all de Bläder an'e Böme an un weet nich, wodennig se sik helpen schall. Do fangt se an un löppt, un se löppt oever de spitze Steens un dör de Doorns, un de wille Deerten springen an ehr vörbi, man se doon ehr nix. Se löppt

125

un löppt, so lang' ehr Fööt ehr noch drägen, bet hen to Avend, do ward se en lütte Kaat wies un geiht dar rin un will sik utruhn. In de Kaat is allens lütt, man so nüdlich un rein, dat is gar nich to seggen. Dar steiht en Disch mit en witte Dook up un soeven lütte Tellern, elkeen Teller mit en lütte Lepel, darbi soeven lütte Messen un Gaveln un soeven lütte Bekers. An'e Wand stahn soeven lütte Betten mit sneewitte Lakens oever. Sneewitt hett so'n Hunger un Dörst, se itt vun elkeen Teller en beten Grönkraam un Broot un drinkt ut elkeen Beker en Drüpp Wien, denn se will ja nich een *allens* wegnehmen. Darna is se möö' un will sik to Bett leggen, man keen vun de Betten passt. Een is to lang, dat anner to kort, eerst dat soevente is recht. Un do blifft se dar in liggen, bed't to Nacht un slöppt in.

As dat ganz düüster wurrn is, kamen de Herren vun de Kaat, dat sünd de soeven Dwargen, de hau'n un graven in de Bargen na Sülver un Kopper. Se steken se's soeven Lichten an, un as dat nu hell ward in'e Kaat, do sehn se, dar is een darwe'n, denn dat steiht nich allens sodennig, as se dat t'rügglaten hebben. De eerste seggt: „Wokeen hett up min Stohl seten?" De tweete: „Wokeen hett vun mit Teller eten?" De drütte: „Wokeen hett vun min Broot afbeten?" De veerte: „Wokeen hett vun min Grönkraam eten?" De föffte: „Wokeen hett mit min Gavel staken?" De sösste: „Wokeen hett mit min Mess sneden?" De soevente: „Wokeen hett ut min Beker drunken?" Denn kickt de eerste sik um un süht, up sin Bett is en lütte Kuhl, do seggt he: „Wokeen hett up min Bett pedd't?" De annern kamen anlapen un ropen: „In min hett uck een legen!" Man as de soevente in sin Bett kieken deit, ward he Sneewitt wies, de liggt dar un slöppt. Do röppt he de annern, de kamen anlapen un kriegen rein dat Schrien vör Verwunnern. Se halen se's soeven Lichten un lüchten Sneewitt an. „Nee uck doch! Nee uck doch!" ropen se. „Wat is de Deern smuck!" Un se freuen sik sodennig, se maken ehr nich waak, se laten ehr in dat Bett wiederslapen. Un de soevente Dwarg, de slöppt bi sin Kolleegen, bi elkeen een Stunn, denn is de Nacht rum.

De neegste Morrn ward Sneewitt ja waak, un as se de soeven Dwargen wies ward, do verfehrt se sik. Man se sind fründlich un fragen, wo se heeten deit. Se heet Sneewitt, seggt se. Wodennig se is in se's Kaat kamen, fragen se wieder. Do vertellt se, ehr Steefmudder hett ehr dootmaken laten wullt, man de Jäger hett ehr dat Leven schenkt, un do is se lapen, de heele Dag, bet se toletzt se's Kaat funnen hett. Do seggen de Dwargen, wenn se se's Huus passen will un kaken, Betten maken, waschen, neih'n un strichen, un will allens fein rein holen, denn so kann se bi se blieven, un dat schall ehr an nix fehlen. Ja, seggt Sneewitt, dat will se geern, un do blifft se dar. Sodennig passt se denn dat Huus; morrns gahn de Dwargen in'e Bargen un söken na Kopper un Sülver un Gold, avends kamen se wedder, un denn mutt se's Eten up'e Disch stahn. Dags oever is de Deern alleen, un de Dwargen wahrschuun ehr un seggen, se schall sik jo wahren vör ehr Steefmudder, de ward bald weeten, se is dar bi se, un se schall jo keeneen rinlaten.

De Königin meent ja, se hett Sneewitt ehr Lung un Lever vertehrt, un do denkt se, se is wedder de Allersmuckste. Se stellt sik vör ehr Speegel un seggt:
    „Speegel, Speegel an'e Wand,
    'keen is de Smuckste in't heele Land?"

Do seggt de Speegel:
„Fru Königin, I sünd de Smuckste hier,
man Sneewitt güntsiet de Bargen
bi de soeven Dwargen,
de is dusendmal smucker as I."

Do verfehrt se sik, denn se weet, de Speegel vertellt keen Loegen, un se markt, de Jäger hett ehr anscheten, un Sneewitt levt noch. Un do spickeleert se un spickeleert, wodennig se ehr um'e Eck bringen will. Denn so lang' as se nich de Smuckste is in't heele Land, so lang' hett se vör luder Afgunst keen Ruh. Un as se sik wat utdacht hett, do smert se ehr Gesicht an un treckt sik an as en ole Hoekersch, un keeneen kann ehr kennen. Sodennig geiht se oever de soeven Bargen na de soeven Dwargen, kloppt an'e Dör un röppt: „Feine Waar to verkopen!" Sneewitt kickt ut't Finster un fraagt, wat se antobeeden hett. Gude Waar, seggt se, feine Waar, Snöörreems in all Klören, un se haalt een rut, de is ut bunte Sied flecht't. Och, denkt Sneewitt, dat is en ehrliche Fruu, de kann se driest rinlaten, schottet de Dör up un köfft sik de smucke Snöörreem. „Deern", seggt de Oolsch, „wat sühst du ut! Kumm, ik will di mal richtig snören." Sneewitt denkt sik ja nix Böses, se stellt sik vör ehr hen un lett sik snören mit de nüe Snöörreem. Man de Oolsch snöört gau, un se snöört so fast, Sneewitt blifft de Luft weg, un se fallt um för doot. „So", seggt de Oolsch, „nu büst du de Smuckste we'n", un süht to un kamen weg.

Nich vel later, to Avendtied, kamen de soeven Dwargen na Huus. Man wat verfehrn se sik, as se Sneewitt an'e Grund liggen sehn, un se rippt un roegt sik nich, as wenn se doot is. Se böhren ehr hooch, do sehn se, se is to drang snört, un se snieden de Snöörreem dör. Do fangt se an un haalt en beten Luft un ward so bi lütten wedder lebennig. As de Dwargen hören, wat dar passeert is, seggen se, de ole Hoekersch, dat is keen anner we'n as de leege Königin. Se schall sik wahren, seggen se, un schall jo keen Minsch rinlaten, wenn se nich dar sünd.

As dat leege Fruunsminsch na Huus kümmt, stellt se sik vör de Speegel un fraagt:
„Speegel, Speegel an'e Wand,
'keen is de Smuckste in't heele Land?"
Do seggt 'n as vördem:
„Fru Königin, I sünd de Smuckste hier,
man Sneewitt güntsiet de Bargen
bi de soeven Dwargen,
de is dusendmal smucker as I."

As se dat hört, löppt ehr all dat Bloot na't Hart to, sodennig verfehrt se sik, denn se markt ja, Sneewitt is wedder lebennig wurrn. So, seggt se, nu will se denn wat uthecken, wat Sneewitt de Rest geven schall. Se versteiht uck wat vun Hexenkünst, un do maakt se en giftige Kamm. Denn verkleed't se sik, dat se utsehn deit as jichens en anner ole Fruunsminsch. Sodennig geiht se oever de soeven Bargen na de soeven Dwargen, kloppt an'e Dör un röppt: „Feine Waar to verkopen!" Sneewitt kickt rut un seggt, se schall man wiedergahn, se dörv keeneen rinlaten. Ankieken dörv se doch sachs, seggt de Oolsch un wiest ehr de giftige Kamm. Do gefallt de de Deern so guut, se lett sik oeverdüveln un maakt de Dör up. Se warrn sik hannelseens, un denn seggt de Oolsch, nu will se ehr man mal ornlich kämmen. Stackels Sneewitt denkt ja an nix un lett de Oolsch maken, man knapp hett se de Kamm in'e Haar, do deit dat Gift sin Deel, un de Deern fallt um un is ahn Besinnen.

„So", seggt dat leege Wiefsstück, „du smucke Aas, dat weer't woll mit di", un geiht weg. Man een Glück, dat is bald Avend, un de soeven Dwargen kamen na Huus. As se Sneewitt dar as doot an'e Eerde liggen sehn, do denken se foorts, dat hett de leege Steefmudder daan, un do söken se na un finnen de giftige Kamm. Knapp hebben se de ruttrocken, do kümmt Sneewitt wedder to sik un vertellt, wat passeert is. Do wahrschuun se ehr nochmal, se schall sik wahren un schall keeneen de Dör upmaken.

De Königin stellt sik to Huus vör ehr Speegel un seggt:
    „Speegel, Speegel an'e Wand,
    'keen is de Smuckste in't heele Land?"
Do seggt 'n as vördem:
    „Fru Königin, I sünd de Smuckste hier,
    man Sneewitt güntsiet de Bargen
    bi de soeven Dwargen,
    de is dusendmal smucker as I."

As se de Speegel so snacken hört, ward se bevern vör Raasch. „Sneewitt schall doot", bölkt se, „un wenn dat min eegne Leven kosten deit!" Denn geiht se in en heemliche Kamer, 'nem keeneen henkamen deit, dar is se ganz alleen, un dar maakt se en ganz, ganz giftige Appel. Vun buten lett 'n fein, gel mit rode Backen, un elkeen, de 'n süht, kriggt dar en Jieper up, man de dar en lütte Stück vun eten deit, de blifft foorts doot. As de Appel ferdig is, smert se sik dat Gesicht an un verkleed't sik as Buerfruu, un sodennig geiht se oever de soeven Bargen na de soeven Dwargen. Se kloppt an, Sneewitt stickt de Kopp ut't Finster un seggt, se dörv keen Minsch rinlaten, de soeven Dwargen hebben ehr dat verbaden. Dat is ehr denn uck eendoont, seggt de Buerfruu, se ward ehr

Appeln al los. Man een will se ehr schenken. Nee, seggt Sneewitt, se dörv nix annehmen. Um se bang is vör Gift, fraagt de Oolsch. Se will een dörsnieden, seggt se, de rode Siet schall Sneewitt eten, de gele will se sülven vertehren. Man de dare Appel is so plietsch maakt, dar is bloots de rode Siet giftig vun. Sneewitt jiepert na de feine Appel, un as se süht, de Oolsch itt darvun, do kann se sik nich mehr betäh- men un nimmt de giftige Siet. Man knapp hett se dar en Brock vun in'e Mund, do fallt se um un is doot. Do kickt de Königin ehr gresig an un lacht oeverluut up un seggt: „Witt as Snee, root as Bloot, swatt as Eben- holt! Dütmal kriegen de Dwargen di sachs nich wed- der waak!" Un as se to Huus de Speegel fraagt:

„Speegel, Speegel an'e Wand,
'keen is de Smuckste in't heele Land?"
do seggt de Speegel:
„Fru Königin, I sünd de Smuckste in't Land."

Do hett ehr afgünstige Hart Ruh, wenn en afgüns- tige Hart denn Ruh finnen kann. De Dwargen ka- men avends na Huus un finnen Sneewitt doot an'e Grund liggen, un dar geiht keen Aten mehr ut ehr Mund, se is doot. Do böhren se ehr up un söken, um se koenen wat Giftiges finnen, se snören ehr up, kämmen ehr, waschen ehr mit Water un Wien, man dat helpt allens nich, de Deern is doot un blifft doot. Do leggen se ehr up en Böhr un setten sik all soeven darbi dal un weenen um ehr, un se weenen dree Daag lang. Denn woe'n se ehr inkuhlen, man se lett noch so frisch as en lebennige Minsch un hett noch ehr feine rode Backen. Do seggen se, ehr koenen se doch nich in'e swatte Eerde inbuddeln, un do laten se en dörsichtige Sarg ut Glas maken, dat een ehr vun all Sieden sehn kann, dar leggen se ehr rin un schrieven dar mit gollne Bookstaven ehr Naam up, un dat se en Königsdochter is. Denn setten se dat Sarg rut up'e Barg, un een vun se blifft dar ümmer bi sitten un passt up. Un de Deerten kamen uck un weenen um Sneewitt, eerst en Uul, denn en Kreih, toletzt en Duuv.

Denn liggt Sneewitt lange, lange Tied in't Sarg, man se vergeiht nich, se süht ut, as wenn se slapen deit, se is ümmer noch so witt as Snee, so root as Bloot un hett Haar so swatt as Ebenholt. Man mal kümmt dar en Königssoehn in dat dare Holt togang' un kümmt na de Dwargen se's Kaat un will dar Nacht blieven. Up'e Barg süht he dat Sarg un de smucke Sneewitt dar in, un he lest, wat dar mit gollne Bookstaven up schreven steiht, un do seggt he to de Dwargen, se schoe'n em doch dat Sarg laten, he will se dar allens för geven, wat se hebben woe'n. Man de Dwargen seggen, se geven 't nich her för all dat Gold in'e Welt. Do seggt he, denn schoe'n se em dat doch schenken, he kann nich leven, wenn he nich Sneewitt sehn kann, un he will ehr in Ehren holen un achten as sin Leevste. As he sodennig snacken deit, do ward he de Dwargen leed doon, un se geven em dat Sarg. Do lett de Königssoehn dat vun sin Deeners up'e Schullern wegdrägen. Un do, do snüffelt een vun se oever en Grasbült, un vun dat Ruckeln neiht de giftige Appelbrock, de Sneewitt afbeten hett, rut ut ehr Hals. Un dat duert nich lang', do sleit se de Ogen up, böhrt de Deckel vun dat Sarg tohööcht, sett sik up un is wedder lebennig. „O Gott, wonem bün ik?" röppt se. De Königssoehn, vull Freud, seggt: „Du büst bi mi." Un denn vertellt he ehr, wat allens passeert is, un seggt, he hett ehr leever as allens up'e Welt. Se schall mit em na sin Vadder sin Slott kamen un sin Fruu warrn. Un Sneewitt mag em uck geern lieden un geiht mit em, un se's Hochtied ward fiert mit grote Pracht un Staat.

To dat Fest ward denn uck Sneewitt ehr leege Steef-mudder inladen. As de sik nu fein antrocken hett, stellt se sik vör ehr Speegel un seggt:
  „Speegel, Speegel an'e Wand,
  'keen is de Smuckste in't heele Land?"
Do seggt de Speegel:
  „Fru Königin, I sünd de Smuckste hier,
  man de junge Königin is dusendmal smucker as I."

Do bölkt dat leege Wief vör Raasch, un se ward so bang', so bang', se weet sik gar nich to laten. Eerst will se gar nich hen to Hochtied. Man dat lett ehr denn doch keen Ruh, se mutt hen un sehn de junge Königin. Un as se dar rinkümmt, do ward se Snee-witt ja kennen, un vör Angst un Bangen steiht se dar un kann sik nich roegen. Man se hebben al ieserne Pantüffeln oever Koehlenfüer stellt, un de warrn nu rinbröcht. Do mutt se in de rootglöhnige Pantüffeln pedden un dar so lang' in danzen, bet se umfallt un is doot.

Rummelstülten

Dar is mal en Möller we'n, de is arm we'n, man he hett en smucke Dochter hatt. Nu kümmt he mal in Snack mit'e König, un do will he en beten angeven, un he seggt, he hett en Dochter, de kann Stroh to Gold spinnen. De König seggt, so'n Kunst gefallt em, un wenn sin Dochter so fix is mit ehr Hänne, as he seggen deit, denn so schall he ehr man de neegste Dag mal up't Slott bringen, he will ehr up'e Proov stellen. As de Deern denn na em henbröcht ward, do bringt he ehr na en Kamer, de is vull mit Stroh, un he gifft ehr en Spinnrad un en Haspel un seggt, se schall sik an'e Arbeit maken, un hett se de neegste Morrn dat dare Stroh nich to Gold spunnen, denn kost't ehr dat ehr Leven. Denn schottet he sülven de Kamer dicht, un se blifft dar alleen.

Dar sitt de stackels Möllerdeern nu un weet sik um ehr Leven keen Raat: Wat weet se denn, wodennig een Stroh to Gold spinnen kann, un ehr Angst ward ümmer grötter, un upletzt ward se weenen. Do geiht upmal de Dör up un en lüerlütte Keerl kümmt rin un seggt: „Gu'n Avend, Jumfer Möllersch, wat blarrst du?" Och, seggt se, se schall Stroh to Gold spinnen un weet nich wodennig dat geiht. Do fraagt de lütte Keerl, wat se em geven will, wenn *he* dat spinnen deit. Ehr Halsband, seggt se. De Lütte nimmt dat Halsband, sett sik vör dat Spinnrad, un snurr, snurr, snurr, dreemal trocken, un de Spool is vull. He sett en anner een up, snurr, snurr, snurr, do is uck de tweete vull. Un sodennig geiht dat wieder bet hen to Morrn, do is all dat Stroh upspunnen, un all de Spolen sünd vull Gold.

As de Sünn upgeiht, kümmt uck al de König anstinken, un as he all dat Gold wies ward, do is he heel verbaast un freut sik, man sin Hart ward blots noch giefer[1] up Gold. He lett de Möllerdeern na en anner Kamer vull Stroh bringen, de is noch vel grötter. Dat schall se uck in een Nacht to Gold spinnen, wenn se ehr Leven beholen will, seggt he. De Deern weet sik keen Raat un weent, do geiht wedder de Dör up un de lütte Keerl kümmt rin un fraagt, wat se em geven will, wenn he ehr dat Stroh to Gold spinnen deit. De Ring vun ehr Finger, seggt de Deern. De Lütte nimmt de Ring un geiht wedder bi un snurrt mit dat Spinnrad, un hen to Morrn hett he all dat Stroh to blinken Gold spunnen.

De König freut sik bannig, as he dat süht, man he hett de Hals ümmer noch nich vull. He lett de Möllerdeern na en Kamer vull Stroh bringen, de is noch wedder grötter. Dat schall se de Nacht to Gold spinnen, seggt he, un wenn se dat klaarkriggt, denn schall se sin Fruu warrn. Wenn se uck man en Möllerdeern is, denkt he, so'n rieke Fruu finnt he up'e heele Welt nich nochmal. As de Deern alleen is, kümmt de lütte Keerl dat drütte Mal un fraagt, wat se em geven will, wenn he ehr uck dütmal dat Stroh spinnen deit. Se hett nix mehr un geven em, seggt de Deern. Denn schall se em, wenn se Königin ward, ehr eerste Kind toseggen, seggt he. Wokeen weet, wodennig dat noch geiht, denkt de Möllerdeern, un se weet sik anners uck keen Raat. Do seggt se de Lütte to, wat he verlangt, un he geiht nochmal bi un spinnt dat Stroh to Gold. Un as de König de neegste Morrn kümmt, do finnt he allens, as he dat hebben

---

[1] gief = gierig

will, un do maakt he Hochtied mit ehr, un de smucke Möllerdochter ward Königin.

Na en Jahrs Tied kriggt se en smucke Kind, un se denkt gar nich mehr an de lütte Keerl. Do kümmt de upmal rin in ehr Kamer un seggt, se schall em geven, wat se em toseggt hett. De Königin verfehrt sik un bütt em allens an, wat dat an Gold in't heele Riek geven deit, wenn he ehr man blots ehr Kind laten will. Man de Lütte seggt, nee, wat Lebenniges is em leever as all dat Gold up'e Welt. Do ward de Königin sodennig jammern un weenen, dat se de Lütte leed deit, un he seggt, he will ehr dree Daag Tied laten, wenn se bet denn sin Naam rutkriggt, denn schall se ehr Kind beholen.

Nu spickeleert de Königin de heele Nacht oever all de Naams, de se jichens mal hört hett, un se schickt een los oever Land, de schall sik wied un sied umhören, wat dat anners noch för Naams gifft. As an'e neegste Dag de lütte Keerl kümmt, fangt se an mit Kasper, Michel, Balzer, un seggt all Naams up, de se weet, een na de anner. Man ümmer seggt de Lütte, sodennig heet he nich. De neegste Dag lett se in'e Umgegend rumfragen, wodennig de Lüüd dar nöömt warrn, un seggt de Lütte all moegliche snaaksche un gediegene Naams vör: „Heetst du vellicht Rippenbeest oder Hamelwaad oder Snöörbeen?" Man he seggt ümmer blots: „Sodennig heet ik nich." De drütte Dag kümmt de Mann, de se losschickt hett, wedder torüch un seggt, nüe Naams hett he nich een funnen. Man as he an en hoge Barg um'e Holteck kamen is, 'nem Voss un Haas sik gu' Nacht seggen, do is he dar en lütte Kaat wies wurrn, un vör de Kaat hett en Füer brennt, un um dat Füer rum hett en lütte Keerl rumsprungen, de is rein to'n Doot-

lachen we'n, de hett ümmer up een Been hoppt un
hett bölkt:

„Vundaag back ik, morrn bruu ik,
oevermorrn haal ik de Königin ehr Kind.
O wat fein, dat keeneen weet,
dat ik Rummelstülten heet!“

I koenen ju ja denken, wo de Königin sik freuen deit,
as se de dare Naam hört, un as nich lang' darna de
lütte Keerl rinkümmt un fraagt: „Na, Fru Königin,
wo heet ik?“, do fraagt se eerst: „Heetst du Jan?“ –
„Nee.“ – „Heetst du Hans?“ – „Nee.“

„Heetst du vellicht Rummelstülten?“

„Dat hett di de Düvel vertellt! Dat hett di de Düvel
vertellt!“ bölkt de Lütte un trampt vör Raasch mit'e
rechte Foot so deep in'e Grund, dat he bet an't Liev
rinsackt, un denn kriggt he in sin dulle Kopp sin
linke Foot mit beide Hänne faat un ritt sik sülven
merrn dör.

Jorine un Joringel

Dar is mal en ole Slott we'n merrn in en grote, dichte
Holt, dar hett en ole Fruunsminsch ganz alleen in
wahnt, dat is en leege Hex we'n. Bi Dag hett se sik to
en Katt maakt oder to en Kattuul, man to Avend is
se wedder to en Minsch wurrn. Se hett de wille Deer-
ten un Vageln anlocken kunnt, un denn hett se de
slacht't un kaakt oder braden. Wenn een dat Slott up
hunnert Schred neeg kamen is, denn hett he still
stahn musst un hett sik nich vun'e Stä' roegen
kunnt, bet se em losmaakt hett. Man wenn en reine
Jumfer in de dare Krink kamen is, denn so hett se
ehr in en Vagel verwannelt un in en Buur sparrt, un
dat Buur hett se denn na en Kamer in ehr Slott
bröcht. Sodennig hett se woll an'e soevendusend
Buurn mit so'n rare Vageln in't Slott hatt.

Nu is dar mal en Jumfer we'n, de hett Jorine heeten,
un se is smucker we'n as all de anner Deerns. Se un
en heel smucke Jungkeerl, de hett Joringel heeten,
de hebben sik mit'nanner verspraken hatt. Se sünd
in'e Bruutdaag we'n un hebben een an'e anner grote
Vergnögen hatt. Nu woe'n se mal vertruut mit'nan-
ner snacken, un do gahn se spazeern in't Holt. Se
schall sik wahren, seggt Joringel, dat se jo nich to
neeg an't Slott kamen deit. Dat is en feine Avend, de
Sünn schient mang de Böme dör in dat düüstere
Gröön vun't Holt, un de Holtduuv singt trurig up'e
ole Böken.

Jorine ward af un to mal weenen, denn sett se sik
dal in'e Sünnschien un klaagt; Joringel klaagt uck.
Se sünd beid so benaut, as schullen se dootblieven.
Se kieken sik mal um, un do sünd se verbiestert, se
weeten nich, wonem de Weg na Huus to geiht. De

Sünn steiht noch halv oever de Barg, halv is 'n dar al ünner. Joringel kickt dör de Büsche, un do süht he de ole Muer vun't Slott ganz dicht bi; he verfehrt sik un ward doodangst. Jorine singt:

„Min Vagelken mit dat Ringelin root
Singt Leed, Leed, Leed:
Dat singt dat Düveken sin Doot,
singt Leed, Lee... – zicküüt, zicküüt, zicküüt."

Joringel kickt hen na Jorine. Do is de to en Nachtigall wurrn un singt „zicküüt, zicküüt." En Kattuul mit glöhnige Ogen flüggt dreemal um se rum un schriet dreemal „schu-hu-hu-hu." Joringel kann sik nich roegen, he steiht dar stief as en Steen, he kann nich weenen, nich snacken, nich Hand un nich Foot roegen. Denn is de Sünn dal. De Uul flüggt rin in en Busch, un foorts darna kümmt dar en ole puckelige Fruunsminsch rut, gel un mager, mit grote, rode Ogen un en krumme Näs, de reckt mit'e Spitz bet an't Kinn. Se mummelt wat vör sik hen, grippt sik de Nachtigall un driggt 'n weg up'e Hand. Joringel, de kann nix seggen, nich vun'e Stä' kamen, un de Nachtigall is weg. Upletzt kümmt de Oolsch wedder un seggt mit dumpe Stimm: „Grööt di, Zachiel, wenn de Maand in't Buur schient, binn los, Zachiel, to gude Tied." Do ward Joringel los. He fallt vör de Oolsch dal up'e Kneen un seggt, se schall em doch sin Jorine weddergeven, man se seggt, ehr kriggt he nie nich wedder, un lett em stahn. He röppt, he weent, he jammert, man dat is allens vergevs. Wat schall nu warrn?

Denn glitt Joringel sik af un kümmt toletzt na en frömde Dörp, dar wahrt he lange Tied de Schaap. Faken geiht he um dat ole Slott rum, man jo nich to neeg. Toletzt dröömt he mal bi Nacht, he finnt en

Bloom so root as Bloot mit en grote, smucke Parl in'e Mitt. He plöckt de Bloom af un geiht dar na't Slott mit, un allens, wat he mit de Bloom anroegen deit, ward erlöst vun de Hexenkraam. Un he dröömt uck, he kriggt dar sin Jorine mit wedder. As he morrns waak ward, maakt he sik up'e Padd un söcht oever Bargen un Slunken, um he kann so'n Bloom finnen. Sodennig söcht he bet to de negente Dag, do finnt he fröhmorrns de Bloom root as Bloot. In'e Mitt is en grote Daudrüpp, so groot as de smuckste Parl. Mit de dare Bloom geiht he denn bi Dag un bi Nacht, bet he na dat Slott kamen deit. As he up hunnert Schred an't Slott ran is, do ward he nich fast, he geiht wieder bet an't Door. Do ward Joringel bannig ver- gnöögt, he roegt an'e Poort mit de Bloom, do springt 'n up. He denn ja rin, dör de Hoff, un he luustert, wonem he woll all de Vageln vernehmen kann. Up- letzt hört he 't. He geiht dar up to un finnt de Saal, dar is de Hex jüst bi un fuddert de Vageln in de soevendusend Buurn. As se Joringel wies ward, ward se dull, splitterndull, se schimpt, spiggt Gift un Gall up em, man se kann em up twee Schred nich neeg kamen. He kehrt sik gar nich an ehr un geiht hen un kickt sik de Buurn an mit de Vageln in. Man dar sünd ja Hunnerten vun Nachtigallen, wodennig schall he dar sin Jorine mang rutfinnen? As he dar so steiht un kickt, do markt he, de Oolsch nimmt heemlich een Buur mit en Vagel in weg un will dar na de Dör mit. Gau springt he hen un roegt an't Buur mit de rode Bloom, un uck an'e Oolsch. Do kann de nich mehr hexen, un Jorine steiht dar, fallt em um'e Hals un is so smuck as vördem. Do maakt he uck all de anner Vageln wedder to Jumfern, un denn geiht he mit sin Jorine na Huus, un se hebben noch lang' vergnöögt tohopen levt.

Hans, de Glücksbaas

Dar is mal en junge Bengel we'n, Hans hett he hee-
ten, de hett soeven Jahr bi sin Herr deent hatt. Do
seggt he to em, sin Tied is rum, he will nu geern
wedder na Huus na sin Mudder, un he schall em nu
man sin Lohn geven. Do seggt de Herr, Hans hett em
truu un ehrlich deent, un as de Deenst we'n is, so-
dennig schall uck de Lohn we'n, un he gifft em en
Stück Gold, so groot as Hans sin Kopp. Hans, de
kriggt en Dook ut'e Tasch, wickelt de Klump dar in,
nimmt 'n up'e Schuller un maakt sik up'e Socken na
Huus.

As he so geiht un ümmer een Foot vör de anner sett,
do ward he en Rieder wies, de draavt kregel vörbi up
en fixe Perd. „Och", seggt Hans ganz luut, „wat is dat
Rieden doch fein! Do sitt een as up en Stohl, stött sik
an keen Steen, spaart de Schoh un kümmt doch vör-
an, he weet gar nich wodennig." De Rieder hett dat
hört, hollt an un röppt: „Ja, wat löppst du uck to
Foot?" Tjä, seggt Hans, he mutt ja woll, he hett dar
en Klump, de mutt he na Huus drägen. De is ja woll
ut Gold, man he kann de Kopp dar nich liek bi holen,
un de drückt em uck up'e Schuller. „Weetst wat",
seggt de Rieder, „wi koenen man tuuschen: Du
kriggst min Perd, un ik krieg din Klump." „Vun Har-
ten geern", seggt Hans, „man ik segg di, dar hest du
düchtig an to slepen." De Rieder stiggt af, nimmt dat
Gold un helpt Hans rup up't Perd, gifft em de Toegel
fast in'e Hänne un seggt, wenn't gau gahn schall,
denn so schall he mit'e Tung smacken un „Hopp,
hopp" ropen.

Hans freut sik, as he up't Perd sitt un so frisch un
frie lang de Straat rieden deit. Na en Tied denkt he,

dat kunn geern en beten gauer gahn, un do geiht he bi un smackt mit'e Tung un röppt „Hopp, hopp!" Do fallt dat Perd in stramme Draff, un ehrer Hans sik dat versehn deit, is he al afsmeten un liggt in'e Graav twüschen Acker un Landstraat. Dat Perd weer uck utneiht, harr en Buer dat nich fastholen, de kümmt dar jüst langdrieven mit en Koh. Hans söcht sin Knaken tohopen un kümmt wedder in'e Beens. Man he is vergrellt un seggt to de Buer. „Dat is keen Spaaß, dat Rieden, vör allen, wenn een an so'n Schinner kümmt as de dare, de stött een un smitt een af, dat een sik de Hals breken kann. Dar sett ik mi nie nich wedder rup. Do is so'n Koh doch en anner Snack, dar kann een suutje achterher gahn, un hett denn uck noch elkeen Dag sin Melk, Botter un Kees wiss. Ik wull, ik harr so'n Koh!" Na, seggt de Buer, wenn he em dar so'n grote Gefallen mit doon kann, denn will he em woll de Koh för dat Perd geven. Dar geiht Hans geern up in. De Buer klabastert rup up dat Perd un ritt gau afste'.

Hans drifft sin Koh suutje vör sik her un freut sik to sin glückliche Hannel. „Heff ik man en Stück Broot – un dar ward mi dat vöreerst nich an fehlen –, denn kann ik, so faken as ik will, Botter un Kees darto eten. Wenn ik Dörst heff, denn melk ik min Koh un drink Melk. Wat will ik mehr?" As he an en Kroog kümmt, geiht he rin, itt in sin Freud allens, wat he hett, Middags- un Avendbroot, rein up un lett sik för sin letzte paar Gröschens en halve Glas Beer inschenken. Denn drifft he wieder mit sin Koh, ümmer na dat Dörp to, 'nem sin Mudder wahnen deit. As dat up Middag togeiht, do ward de Hitten ümmer duller, un Hans is merrn in'e Heid, de geiht sachs noch en heele Stunn wieder. Do ward em dat so hitt, de Tung backt em an'e Gumen. Dar is Raat för, denkt Hans, he will nu man sin Koh melken un sik de Melk smecken laten. He binnt dat Deert an en dröge Boom. En Ammer hett he ja nich, un do stellt he sin ledderne Mütz ünner, man wat he sik uck afmarsen deit, dar kümmt nich een Drüpp Melk rut. Un he stellt sik uck wat doesig an darbi, un do langt dat de Koh toletzt, un 'n neiht em een mit'e Achterbeen vör de Kopp, dat he umfallt un sik en Tiedlang gar nich besinnen kann, wonem he is.

To'n Glück kümmt dar jüst en Slachter vörbi, de hett up sin Schuuvkaar en junge Swien liggen. „Wat sünd dat för Toeg!" röppt he un helpt Hans up'e Beens. Do vertellt Hans em, wat passeert is. De Slachter langt em sin Buddel hen un seggt, he schall man mal drinken un sik verhalen. De Koh ward sachs keen Melk geven, seggt he, dat is ja al en ole Beest, de kann een blots noch to Trecken bruken oder to Slachten. Oha, seggt Hans un kleit sik an'e Kopp, wokeen harr dat dacht. Dat is ja guut un schön, wenn een so'n Deert för sin Huus slachten kann, man he maakt sik nix ut Kohfleesch, dat is em to dröög. Ja-a, seggt he, wenn een so'n junge Swien harr, dat smeckt doch anners, un denn noch de Wüss! Do seggt de Slachter, em to Gefallen will he mit em tuuschen un em dat Swien för de Koh laten. Do bedankt Hans sik vun Harten, gifft em de Koh, lett sik dat Swien vun'e Kaar losmaken un kriggt dat Tau, 'nem dat mit anbunnen is, in'e Hand.

Hans treckt wieder un denkt dar oever na, wodennig em doch allens na Wunsch geiht. Wenn em wat verdreetlich is, denn ward dat doch foorts wedder guutmaakt. Wat later bemött he en junge Mann, de hett en feine witte Goos ünner de Arm. Se beeden sik de

Dagstied, un Hans vertellt vun sin Glück, un woden-
nig he ümmer to sin Vördeel tuuscht hett. De anner
vertellt em, he bringt de Goos na en Kinddööp. „Faat
mal an", seggt he un kriggt de Goos bi de Flünken,
„wo swaar as 'n is, de is aver uck acht Wuchen lang
nudelt wurrn. De dar rinbieten deit, de drüppt dat
ganze Muul vull Fett." Ja, seggt Hans, un taxeert 'n
mit een Hand, de hett Gewicht, man sin Swien is uck
keen ole Soeg." Do kickt de anner sik schuulsch na
all Sieden um un schüttkoppt uck woll mal. „Hör mal
to", seggt he denn, „mit din Swien, dar is dat vellicht
nich ganz richtig mit. In dat Dörp, 'nem ik jüst dör-
kamen bün, dar hebben se jüst de Buervaagt een ut'e
Stall klaut, un ik bün meist bang', dat hest du dar
in'e Hand. Un wenn se di mit dat Swien faatkriegen,
denn man gu' Nacht; dat Minnste is, dat se di in't
Kaschott smieten." Do ward Hans bang'. Och Gott,
seggt he, denn schall de anner em doch man helpen.
He weet dar doch beter Bescheed, denn schall he
doch man sin Swien nehmen un em dar sin Goos för
laten. Na ja, seggt de anner, he mutt ja al wat ris-
keern, man he will dar ja nich de Schuld för hebben,
dat Hans in't Unglück kümmt. Un do nimmt he dat
Tau faat un drifft gau afste' dör en Siedenweg mit
dat Swien. Man Hans is sin Sorgen los, un mit de
Goos ünner de Arm marscheert he na Huus to. Wenn
he sik dat richtig oeverleggt, seggt he to sik sülven,
denn hett he noch Vördeel bi de dare Tuusch: eerst-
mal de feine Braa, denn all dat Fett, wat dar rut-
drüppelt, dat langt up Broot för en Viddeljahr, un
denn noch all de feine witte Feddern, de will he sik
in't Koppkissen stoppen laten, un dar ward he sachs
fein up inslapen. Sin Mudder, de ward sik freuen.

As he dör dat letzte Dörp kümmt, steiht dar en Scherenslieper mit sin Kaar, sin Rad snurrt, un he singt darto:

„Ik sliep de Scher un dreih geswind,
un häng min Mantel na de Wind."

Hans blifft stahn un kickt em to. Toletzt snackt he em an un seggt, em geiht dat ja sachs guut, wo he so lustig is bi sin Arbeit. Ja, seggt de Scherenslieper, dat dare Handwark hett en gollne Borm. En rechte Slieper, dat is en Keerl, seggt he, wenn de in'e Tasch langt, denn finnt he dar uck ümmer Geld in. Man wonem Hans denn de feine Goos köfft hett, will he weeten. De hett he nich köfft, seggt Hans, de hett he intuuscht för en Swien. Un dat Swien? Dat hett he för en Koh kregen. Un de Koh? De hett he för en Perd intuuscht. Un dat Perd? Dar hett he en Klump Gold för geven, so groot as sin Kopp. Un dat Gold? Dat is sin Lohn we'n för soeven Jahr Deenst. He kann sehn, seggt de Scherenslieper, Hans hett sik ümmer to helpen wusst. Nu schull he dat blots noch so wiet bringen, dat he dat Geld in'e Tasch klingeln hört, wenn he upsteiht, denn so hett he sin Glück maakt. Wodennig he dat denn anfangen schall, fraagt Hans. He schall man Scherenslieper warrn as he sülven, seggt de anner. Dar bruukt he eegentlich nix för as en Wettsteen, all dat anner finnt sik. He hett noch een, seggt he, de hett en lütte Schaden, man dar schall he em uck nix anners för geven as sin Goos, um he dat will. Dat is doch keen Fraag, seggt Hans, he ward ja de glücklichste Minsch up'e Welt. Hett he ümmer Geld, wenn he in'e Tasch langt, denn so hett he ja keen Sorgen mehr. Un he langt em de Goos hen un kriggt dar de Wettsteen för. „Na", seggt de Slieper un bört en gewöhnliche, sware Feldsteen up, de liggt dar jüst blangen em, „dar hest noch en düchtige Steen upto, dar lett sik fein up hau'n, dar kannst din krumme Nageln up liekkloppen. Nimm un heg 'n ornlich up."

Hans nimmt de Steen up'e Nack un geiht vergnöögt wieder. Sien Ogen lüchten vör Freud. „Ik mutt in en Glückshuut baren we'n", röppt he, „allens, wat ik hebben will, dröppt mi in, as bi en Sünndagskind." Man he is ja all sörre de fröhe Morrn up'e Beens, un nu ward he bi lütten möö', un Smacht kriggt he uck, he hett ja in sin Freud oever de inhannelte Koh allens up eenmal upeten. He kann sik meist nich mehr vörwartskroepeln un mutt all Näslang stahn blieven, un de Steens, de drücken em ganz eklig. Do ward he denken, wo fein dat doch weer, wenn he sik dar jüst nu nich mit afslepen musse. As so'n Snick kümmt he na en Soot krapen, dar will he sik utruhn un wat drinken. Darmit he de Steens bi't Dalsetten nich tweimaakt, leggt he se bedächtig blangen sik up'e Rand vun'e Soot. Denn sett he sik dal un will sik dalbücken un drinken, man do passt he nich up, stött en lütte beten gegen, un beide Steens plumpsen dal in'e Soot. Hans kickt se achterna un süht se in'e Deepde versacken. Do jumpt he hooch för Freud, fallt dal up'e Kneen un dankt Gott mit Tranen in'e Ogen, dat de in sin Gnaad em up so'n feine Aart de sware Steens afnahmen hett, wo he alleen noch sin Mars mit hatt harr, un he hett sik nichmal wat vörtosmieten. So glücklich as he, seggt he, gifft dat keen anner Minsch ünner de Sünn. Mit en lichte Hart un frie vun all Last löppt he nu wieder, bet he to Huus is bi sin Mudder.